장담 신무협 장편소설

ORIENTAL FANTASY STORY & ADVENTURE

강호제일해결사

江湖第一解決士

6

삼비총(三秘塚)

dream
books
드림북스

강호제일 해결사 6 삼비총(三秘塚)

초판 1쇄 인쇄 2014년 12월 10일
초판 1쇄 발행 2014년 12월 17일

지은이 장담
발행인 오영배
기획 박성인
책임편집 정성호

펴낸곳 (주)삼양출판사 · 드림북스
주소 서울특별시 강북구 솔샘로67길 92
대표 전화 02-980-2112 팩스 / 02-983-0660
블로그 blog.naver.com/dreambookss
출판등록 1999년 3월 11일 제9-00046호.

ISBN 979-11-313-0190-6 (04810) / 979-11-313-0015-2 (세트)

장담 신무협 장편소설

ORIENTAL FANTASY STORY & ADVENTURE

강호제일해결사

江湖第一解決士

6

삼비총(三秘塚)

dream
books
드림북스

차례

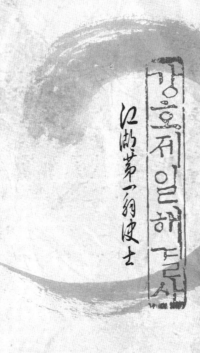

江湖第一豹波士

第一章

사실일까?

　사운평이 족자에 대해서 말하려는데, 천화궁 무리 쪽에서 세 사람이 사운평 일행 쪽으로 다가왔다.

　백의를 걸친 청년과 갈의 무복을 입은 장한 둘.

　그중 청년이 사운평을 향해 물었다.

　"그대가 천해문이라는 문파의 문주인 사운평인가?"

　오랜만에 호우를 떨치고 이연연과 나란히 앉아서 이야기꽃을 피우던 사운평이다.

　그것도 등초력과 용쟁호투를 벌인 대목을 자랑스럽게 이야기하던 중이다.

　즐거움을 방해한 자에게 말이 곱게 나올 리 없었다.

　"그런데?"

청년의 이마에 곧바로 골이 파였다.

"혀가 짧군."

"처음 보는 사람이 반말 툭툭 던지는데 공손히 대답하긴 좀 그렇잖아?"

사운평이 한 치도 밀리지 않자, 청년의 옆에 있던 텁석부리 장한이 나섰다.

"이분 공자께서 뉘신 줄 알고……."

"나도!"

사운평이 한마디 던지며 바위에서 엉덩이를 뗐다. 그리고 마른가지 부러뜨리듯 똑똑 부러지게 말을 이었다.

"일파의 문.주.야!"

텁석부리 장한의 입가에 비릿한 조소가 떠올랐다.

"듣자하니 문도가 이십 명도 안 되는가 보더군. 하긴 그래도 문파는 문파지."

"쪽수만 많으면 뭐해? 숫자가 적어도 쓸모가 있어야지."

"쓸모? 홋, 내 눈으로는 아무리 봐도 쓸모 있어 보이지가 않는데?"

솔직히 사운평 일행의 겉모습은 그렇게 보이고도 남았다.

번듯하게 복장을 갖춘 사람이 거의 없었으니까.

북야진 남매는 오랜 여행으로 허름해진 북방의 복장이었다. 궁탁은 마의를 대충 몸에 걸친 듯했고, 예리상은 여기저기 찢어진 옷에 피가 말라붙어 있었다.

그나마 그럭저럭 깨끗한 사람은 위지강 정도.

하긴 사운평조차 등초력과 싸우느라 두어 군데 옷자락이 찢어진 상태였으니 더 말해 뭐할까.

낭인.

남들 눈에 사운평 일행의 행색은 영락없이 오합지졸 낭인이었다.

"겉모습만 보고 사람을 판단하다니, 당신도 오래 살긴 틀렸군."

"뭐야?"

"주제도 모르고 어깨에 힘주다가 목뼈 부러지는 사람을 많이 봤거든."

"이 자식이!"

텁석부리 장한이 발끈하자 청년이 말렸다.

"그만하게. 자기 잘난 맛에 사는 친구와 무슨 말싸움인가?"

"죄송합니다. 공자."

"백 령주가 필요해서 데려왔다기에 이야기 좀 나누어 볼까 했더니 괜한 짓이었어. 이런 자들이 무슨 도움이 될지 모르겠군."

"받은 돈의 반만 해줘도 다행이지요."

"그래도 제법 괜찮은 여자들을 데리고 다니는군."

괜찮은 정도가 아니다. 눈이 돌아갈 정도의 미녀들이다.

사실 청년이 사운평을 만나러 온 것도 바로 그 여자들 때문이었다.

특히 북야설의 차가운 표정은 그가 지금까지 본 어떤 여자보다 매력적이었다.

"그대도 천해문 사람인가?"

"그런데?"

"……."

사운평과 똑같은 대답을 들은 청년은 바로 대꾸를 하지 못했다.

"크크크."

사운평이 나직하게 웃었다.

속이 다 시원했다.

마음 같아서야 이판사판 패버리고 싶지만, 상대는 천화궁 궁주의 둘째 아들이다.

돈은 돈대로 못 받고 천화궁과 한바탕할 것이 아니라면 참는 수밖에.

'철없는 애송이와 싸울 것까진 없지 뭐.'

청년은 불길이 이는 눈으로 사운평을 쏘아본 뒤 북야설을 향해 말했다.

"나는 동방기라 한다. 천화궁의 궁주께서 아버님 되시지."

"그래서?"

여전한 외마디 반문.

그런 말투도 두어 번 들으니 이제 화도 나지 않았다.

"이런 자들과 어울리지 말고 우리와 함께 가지 않겠나? 원한다면 본 궁에서 받아주지."

"싫어."

"저자에게 약점이라도 잡힌 것 있나?"

"없어."

사운평도 은근슬쩍 기분이 상했다.

자신이 남의 약점이나 잡아서 일을 시키는 줄 아나?

"이봐, 설이 귀찮아하잖아. 이제 그만하시지 그래?"

동방기도 은근히 분노가 일었다.

건방지게 자신의 호의를 거절하다니.

그는 그 화를 북야설이 아닌 사운평에게 풀었다.

"너는 나서지 마라."

"설이 본문의 사람이란 걸 몰라? 문주가 당연히 챙겨줘야지."

"문주도 문주 나름이지. 네가 지금 감히 나에게 대들겠다는 거냐?"

"그렇게 말하는 사람은 자신이 무슨 대단한 사람이라도 되는 줄 아나 보군."

사운평은 한마디도 지지 않았다.

게다가 들을 때마다 속에서 욱하니 솟구치게 만드는 말투. 위아래를 쳐다보는 눈에 가득한 조소.

'이 시건방진 놈이 진짜!'

동방기의 눈에서 금방이라도 불길이 쏟아질 듯했다.

그때였다.

"문주."

궁탁이 저음의 묵직한 목소리로 사운평을 불렀다.

"예, 궁 형."

"아까 누구하고 싸웠다고 했지?"

"등초력요."

"몇 초나 싸웠지?"

"글쎄요, 한 이십 초?"

"이겼다고 했던가?"

"뭐, 겉으로는 비등했는데, 사실은 제가 득을 봤죠."

"푸하하하하!"

이글거리는 눈으로 사운평을 쳐다보던 동방기가 갑자기 대소를 터트렸다.

사람들의 시선이 일제히 동방기를 향했다.

목젖이 보일 정도로 웃던 동방기가 어이없다는 표정으로 물었다.

"설마 내가 아는 그 등초력은 아니겠지?"

"당신이 아는 등초력의 별호가 단심객이라면 같은 사람일 거야."

"네가 그 등초력과 싸워서 이겼다? 오랜만에 별 웃기는 소리를 다 듣는군. 차라리 동네 강아지가 호랑이를 물어 죽였다고 하지?"

"사실이라니까?"

"단심객 등초력이 어디 길거리 낭인이라도 되는 줄 아나?"

"아닌 줄은 나도 알아."

"하아, 이 중요한 때에 너 같이 허풍만 떠는 놈하고 말싸움을 하고 있었다니, 내 자신이 진짜 한심하군."

동방기는 실소를 지으며 몸을 돌렸다.

"그만 가세. 백 령주는 도대체 무슨 생각으로 저런 허풍쟁이 애송이를 필요로 하는 거지?"

장한들도 조소를 지었다.

"어디에서 동명이인이라도 만났나 봅니다."

"계집하고 노닥거리는 놈이 다 그렇지요. 계집의 얼굴이 반반한 걸 보니 어디 기루에서 기녀라도 데려왔나 봅니다."

그때였다.

"이봐."

사운평의 목소리가 나직이 깔렸다.

기루 운운했던 장한이 멈칫하며 고개를 돌렸다.

오른쪽 눈 위에 눈썹을 가로지른 칼자국이 있었는데, 그 때문인지 돌아다보는 눈매가 제법 사납게 느껴졌다.

"나를 불렀나?"

"연연이는 기녀가 아냐. 사과해."

"못하겠다면?"

"해."

"미친놈."

"진짜 사람 성질 더럽게 만드네."

짜증내듯이 한마디 내뱉은 사운평이 한발을 내딛었다.

"조용히 살려고 하는데……."

그의 몸이 거짓말처럼 죽 늘어나는가 싶더니 이 장 거리가 찰나에 좁혀졌다.

"왜 건드려!"

"헛!"

눈썹에 칼자국 난 장한은 갑자기 눈앞에 사운평이 나타나자 다급히 뒤로 물러서려 했다.

그러나 사운평은 물러설 틈을 주지 않고 우수를 뻗었다.

콰직!

말 그대로 번개 같은 출수였다.

손을 뻗는다 싶은 순간 어느새 장한의 목이 사운평의 손에 잡혀 있었다.

장한도 나름대로 한가락 하는 고수였다.

천화궁의 이공자를 호위하는 호위 무사가 어찌 하수겠는가.

그는 반사적으로 손을 뻗어서 사운평의 팔을 쳐내려 했다. 하지만 목이 잡힌 순간 온몸의 힘이 빠져서 꼼짝도 할 수 없었다.

"무슨 짓이냐!"

여섯 자 정도 떨어져 있던 텁석부리 장한이 갈퀴처럼 손가락을 구부려서 사운평의 등의 찍어갔다.

사운평은 좌수를 휘돌려서 텁석부리 장한의 팔목을 낚아챈 다음 한쪽으로 던져버렸다.

그의 금나수가 어찌나 교묘하고 빨랐는지 '헉!' 하며 텁석부리 장한이 놀랐을 때는 몸이 땅바닥을 뒹굴고 있었다.

"그 손을 놓아라!"

동방기가 눈을 부릅뜨고 소리쳤다.

사운평은 들은 척도 않고 눈썹이 갈라진 장한을 노려보았다.

"선택해. 사과할 건지, 아니면 목이 부러질 건지."

목이 얼마나 세게 잡혔는지 장한의 얼굴이 벌게졌다.

"손을 놓으라 하지 않느냐!"

동방기가 검을 반쯤 빼며 다시 소리쳤다.

그제야 사운평의 눈이 천천히 동방기를 향해 돌아갔다.

"그 검, 얌전히 집어넣는 게 좋을 거야. 나 지금 기분이 굉장히 더럽거든."

동방기는 푸른 기가 도는 사운평의 눈과 마주치자 자신도 모르게 멈칫했다.

"그 친구는 내가 맡지."

북야진이 시키지도 않았는데 나섰다.

북야설 때문이었다.

"어디, 내 동생을 넘볼 자격이 있는지 봐야겠어."

사운평의 눈이 가늘어졌다.

평상시라면 동방기를 그의 먹잇감으로 던져주었을 것이다.

하지만 지금은 그가 나서는 게 반갑지 않았다.

북야진과 북야설이 자신의 생각대로 '그들'과 연관되어 있다면 동방기와 싸울 경우 일이 묘하게 흐를지 몰랐다.

"잠깐 기다려. 이자에게 사과를 받는 게 먼저니까."

무심한 어조로 나직이 말한 사운평이 목을 잡은 손에 힘을 주었다.

"할 거야, 말 거야?"

벌게진 장한의 얼굴이 흙빛으로 물들었다.

목뼈가 으스러지고, 신경이 터져나가는 듯했다.

사운평의 차가운 눈과 마주친 그는 엄습하는 공포에 몸이 부르르 떨렸다.

이놈은 진짜로 자신의 목을 부러뜨리고도 남을 놈이다!

뒤늦게 그 사실을 깨달은 그는 자존심을 버리고 고개를 겨우 끄덕였다.

"딱 한 번만 말하는데, 허튼 짓은 안하는 게 좋을 거야. 다음에는 칼을 뽑을 거니까."

끄덕끄덕.

사운평은 장한을 밀치듯이 던지며 목에서 손을 떼었다.

"콜록, 콜록, 콜록……."

서너 번 콜록거린 후에야 겨우 숨통이 트인 장한은 힐끔 사운평의 눈치를 먼저 살피고는 이연연을 향해 포권을 취했다.

"미안하오, 소저. 내가 말을 심하게 했던 것 같소."

"됐어요. 앞으로 중요한 일을 해야 하는데, 서로 감정이 상하지 않았으면 좋겠군요."

이연연이 담담한 표정으로 말했다.

호우나 사운평과 놀며 재잘거릴 때와는 전혀 다른 모습이었다.

느리지도 빠르지도 않은 어조, 맑고 가냘픈 것 같으면서도 무게가 느껴지는 목소리, 모욕을 당하고도 기분이 상하지 않은 듯 보이는 미소 띤 표정, 조금도 주눅 들지 않고 꼿꼿한 자세로 바라보는 도도한 눈빛.

그녀의 전신에서 여왕과 같은 품위가 절로 느껴졌다.

마지못해 사과를 했던 장한은 포권을 한 자세에서 자신도 모르게 고개를 숙였다.

"이해해 주셔서 고맙소, 소저."

"오빠도 이제 그만해요. 하마터면 진짜로 싸울 뻔했잖아요."

"나를 욕하는 건 참을 수 있는데, 너를 욕하잖아. 사실 나도 많이 참은 거라고."

"동방 공자도 이제 그만 가보세요. 오늘 일은 이쯤에서 마무리 지어요. 서로에게 득 될 것도 없으니까요."

동방기도 마땅히 반박할 말이 없었다.

반박은커녕 이연연과 눈이 마주치자 자신이 작아지는 것만 같았
다.

그는 그제야 자신이 이연연을 잘못 봐도 너무 잘못 봤다는 사실을
인정하지 않을 수 없었다.

'보통 여인이 아니군.'

그녀뿐만이 아니었다.

사운평 일행 역시 감춰진 능력을 드러내자 신경이 팽팽히 당겨질
정도로 위협적이었다.

"알겠소. 소저의 말대로 더 이상 이 일을 따지지 않겠소. 그럼 이
만."

동방기가 멀어지자, 말 몇 마디로 상황을 정리해버린 이연연이 사
운평을 흘겨보았다.

여왕이 다시 여동생이 되었다.

"오빠도 참, 그렇게 처음부터 왜 말을 툭툭 쏘아붙여요?"

"이야기를 방해하잖아."

"그래도 천화궁의 이공자인데, 좀 좋게 대해 주면 안 돼요?"

"지가 이공자면 이공자지……."

"아직 받을 돈도 많잖아요."

"그건 그런데……."

머쓱해진 사운평이 슬그머니 고개를 돌렸다.

무뚝뚝한 표정으로 서 있는 궁탁이 보였다.

그를 향해 씩 웃어주었다.

궁탁의 굵은 입술 끝이 미미하게 늘어졌다.

그때 조연홍이 호우와 함께 음식보따리를 들고 돌아왔다.

"대형, 무슨 일 있었어요?"

마치 '또 무슨 일 저질렀어요?' 그렇게 묻는 듯했다.

사운평이 조연홍을 째려보며 대충 대답했다.

"강아지가 와서 한바탕 짖고 갔어. 식사나 하자."

호우가 이연연을 불렀다.

"연연아, 이리 와. 내가 연연이 먹으라고 맛있는 것 많이 가져왔다."

천화궁 무리 쪽으로 걸어가는 동방기는 복잡한 마음이었다.

스물다섯.

처음으로 강호에 나왔다. 하늘을 나는 기분이었다.

세상이 이렇게 넓다니!

이토록 넓은 세상에서 만난 자들 중 자신보다 나은 자가 없는 듯했다.

무엇이든 자신의 뜻대로 될 것 같았다.

그러던 차에 화중령주 백원양이 사운평을 칭찬하는 말을 들었다.

도대체 누군가 하고 멀리서 살펴보니 별 볼 일 없는 놈 같았다.

그래서 슬쩍 건드려보았다.

그자의 일행에 속해 있는 여인의 차가운 아름다움도 그를 끌어당

겄고.

그런데 이게 무슨 꼴이람?

'제길, 너무 성급하게 판단했어. 조금만 더 살펴봤어도 저들의 능력을 눈치챌 수 있었을 텐데…….'

낭인처럼 보이지만 하나하나가 고수였다. 연연이라는 여인의 말대로 다퉈봐야 좋을 것 없는 자들.

그래도 어쨌든 그 사운평이란 놈의 태도는 용서가 되지 않았다.

자신에게 그따위 말투라니!

천화이십사위 중 둘을 단숨에 제압한 실력은 대단하지만, 그 정도는 자신도 가능하다.

'언제 한번 혼을 내줘야겠어.'

그런데 동료들이 있는 곳에 거의 다 갔을 때였다.

갑자기 든 어떤 생각에 걸음을 멈추고 눈을 부릅떴다.

"왜 그러십니까, 공자?"

눈썹에 칼자국 난 장한이 눈치를 보며 물었다.

"여종, 그놈이…… 단심객 등초력을 이겼다고 했지?"

"예, 그렇……."

대답하던 장한의 안색이 창백해졌다.

동방기가 혼잣말처럼 물었다.

"사실일까?"

*　　　*　　　*

왕옥산 고대 무덤의 도굴에 대한 소문은 여량산 구양신궁의 귀에도 들어갔다.

궁주인 상관종산은 기소명에게 그 말을 전해 듣고 눈빛을 번뜩였다.

"놈들이 삼비총을 열려고 한다는 게 사실이냐?"

"수상한 무리들이 움직였다는 소식이 들어온 걸 보면 소문이 사실인 것 같습니다. 그리고 왕옥산 근처의 고대 무덤이라면 삼비총밖에 없습니다, 궁주."

"선조들께서도 몇 번 시도해 봤지만 다섯 구비도 통과하지 못한 채 포기했다고 들었다. 한데 놈들이 안으로 들어갈 수 있을까?"

"뭔가 자신이 있으니 움직인 것 아니겠습니까?"

"하긴 그 말도 옳군. 그런데 어떻게 그 소문이 돈 거지?"

"솔직히 말해서, 놈들이 그러한 일을 소문날 정도로 서툴게 진행했다는 것부터가 의문입니다."

"헛소문이란 건가?"

"삼비가 나타난 직후에 소문이 돈 걸 보면 헛소문은 아닌 것 같습니다."

"흠, 그래?"

순간적으로 상관종산의 눈빛이 차갑게 가라앉았다.

"소문이 돌았다면 천의산장이나 은명곡도 들었겠지?"

"그렇다고 봐야 할 것입니다. 아마 그들뿐만이 아니라 소문을 들은 자들 중 호기심이 동한 자들도 움직였을 가능성이 큽니다."

"그럴지도 모르겠군. 한데 삼비가 모두 나섰을까?"

"설령 함께 움직이지 않았다 해도 소문을 들었다면 가만히 있지 못할 것입니다."

"그래, 그러겠지."

상관종산이 중얼거리듯 말하며 눈을 들었다.

"소명, 그 안에 정말 삼비의 전대 고수들이 남긴 무공이 있다고 보느냐?"

"있을지도 모릅니다만, 지금은 이전만한 값어치가 없습니다."

"물론 그렇지. 우리 역시 부단히 노력해서 놈들을 따라잡았으니까."

사실이 그랬다.

삼비의 무공에 놀란 삼룡은 백수십 년 동안 자신들의 무공을 더욱 높은 경지로 끌어올렸다.

이제는 그 차이가 크지 않을 터. 목숨을 걸고 욕심을 낼 이유가 없었다.

어쩌면 그러한 마음이 바로 삼룡이 삼비총 발굴에서 손을 뗀 가장 큰 이유였다.

"어떻게 하실 생각이십니까, 궁주?"

"헛소문이 아닌 사실이라면 너무 깊게 생각할 것 없다. 놈들을 제거할 절호의 기회니까. 이러쿵저러쿵할 시간이 없으니 일단 사람들부터 보내도록 해."

"예, 궁주."

기소명이 고개를 숙이고 대답한 후 전각을 나섰다.

상관종산은 한참 동안 움직이지 않고 이마를 좁힌 채 생각에 골몰

했다.

'백 년 전에도 들어가려다 실패했다. 그 후로도 서너 번 사람을 보냈지만 대부분의 고수들이 죽거나 실종되었지. 저놈들도 그걸 모르진 않을 텐데, 뭘 믿고 들어가려는 거지?'

그는 자리에서 일어나 창가로 다가갔다.

반쯤 열린 창을 통해서 제법 차가운 바람이 불어왔다.

어느새 겨울이 코앞이었다.

'어쩌면 이번 일이 강호의 판도를 바꾸는 중요한 변수가 될지도 모르겠군.'

눈빛이 산서의 메마른 삭풍처럼 차갑게 번뜩였다.

'공손무곡, 이 상관종산이 언제까지나 산서에 만족하고 있을 거라는 생각은 하지 마라.'

*　　*　　*

"겁나게 크군."

사운평은 계곡 사이에 솟아 있는 동산을 바라보았다.

멀리서 보니 그저 평범한 작은 동산처럼 보였다.

그러나 가까이 가서 보면 한 눈에 다 들어오지 않을 정도로 클 듯했다.

그곳이 바로 삼비의 한이 서려 있다는 삼비총이었다.

"입구는 남북으로 두 군데에 있네. 하지만 북쪽의 입구는 완전히 막혀 있지. 남쪽의 입구는 삼룡이 오래 전에 몇 번 들어가려고 시도

했다가 실패한 후 임시로 막아 놓았네."

사운평 옆으로 다가온 백원양이 감회 깊은 표정으로 삼비총을 보며 말했다.

"여차하면 안에 갇힐 수도 있겠군요."

"그래서 식량과 물품을 충분히 갖고 들어가려는 거네. 갇히면 뚫고 나올 시간을 벌어야 하니까."

"설마 이제 와서 저희더러 함께 들어가자고 하시는 건 아니겠죠?"

"자네들은 내가 맡긴 일만 잘 처리하면 되네. 설령 내가 데리고 들어가고 싶어도 다른 사람들이 반대할 거야."

"잘됐군요."

"안으로 들어가면 무슨 일이 벌어질지 모르네. 내가 나오지 못하더라도 약속은 잊지 말게. 자네를 믿기 때문에 거금을 주고 여기까지 데려온 거니까."

"걱정 마십쇼. 신의라면 제가 좀 철저하죠. 솔직히 말해서, 남자새끼가 신의를 어기면 그게 어디 남잡니까? 불알을 떼버려야죠."

"허허허, 역시 내가 사람은 잘 봤군."

"백운선생이 사람을 잘못 봐서 사기를 당했다면 세상 사람들이 다 웃을 겁니다. 하하하."

그때 백원양이 전음으로 말했다.

『다시 한 번 강조하네만, 자네가 알아낸 사실에 대해서는 경아에게만 말하고 절대 다른 사람에게 말해선 안 되네.』

『그렇게 하죠. 그런데 만약 따님에게 말을 전할 수 없는 상황이면 어떻게 할까요?』

백원양의 눈빛이 순간적으로 흔들렸다.

생각하기 싫은 가정이었다. 그러나 얼마든지 가능한 일이기에 전음을 보내는 그의 입술이 파르르 떨렸다.

『만약 그 아이에게 말을 전할 수 없게 되면…… 자네가 하고 싶은 대로 하게.』

『한 가지 더 물어봐도 되겠습니까?』

『물어보게.』

『염려하시는 일이 이미 진행되고 있는 것처럼 보입니까?』

『아무래도 그런 것 같네.』

사운평의 이마에 골이 파였다.

『그런 생각을 하셨을 때는 이유가 있을 것 같습니다만.』

『삼비총 발굴 계획이 외부에 알려진 것 같아.』

외부에 알려졌다면 단순히 알려진 정도로 끝나지 않는다.

경우에 따라서는 호기심이 생긴 강호문파들의 방문이 이어질지 모른다.

『제길, 오래 살려면 정신 바짝 차려야겠군요.』

사운평이 투덜거리자 백원양이 쓴웃음을 지었다.

그러다 무슨 생각이 났는지 피식 웃으며 말했다.

"내가 전에 자네 상을 보고서 미처 못 다한 말이 있네."

"뭡니까?"

"자넨 장수할 상이야. 뭔가 이해하기 힘든 부분이 있긴 한데, 아주 오래오래 사는 것은 분명하네."

마치 '벽에 그림을 그릴 때까지 오래오래 살 수 있을 거야.' 라고 말하는 것처럼 들렸다.

그래도 그 말을 들으니 찝찝한 기분이 조금은 풀어졌다.

"정말입니까?"

"자네도 잘 알잖은가? 내가 바로 낙양의 백.운.선.생.일세."

*　　　*　　　*

삼비총은 완전히 방치된 것이 아니었다.

삼룡에서 이십 명씩, 총 육십 명에 달하는 무사가 삼비총 앞쪽에 마을을 이루고 촌민처럼 생활했다.

그들은 사냥꾼, 약초꾼, 농사꾼 등 각양각색의 직업을 지니고 십년 기한으로 감시 임무를 수행했다.

그런데 겨울이 얼마 남지 않은 어느 날 아침, 그들이 사는 마을에 일단의 무리가 들이닥쳤다.

평온하던 마을은 순식간에 아수라장이 되었다.

일개 감시 무사들의 힘으로는 천화궁의 정예고수들을 한순간도 막지 못했다.

일각이 지날 즈음, 마을 사람 대부분이 죽고 십여 명만 겨우 목숨을 부지한 채 포로가 되었다.

천화궁 부궁주 나종악은 마을이 정리되자 명령을 내렸다.

"즉시 봉인된 입구를 개방해라!"

천화궁 제자들은 일사불란하게 움직이며 동산을 향해 달려갔다.

남북의 두 출구 중 북쪽은 완전히 막힌 것으로 알려져 있었다.

그러나 남쪽은 임시로 봉인된 것이어서 오 장 정도만 뚫으면 되었다.

통로는 커다란 돌덩이로 막힌 상태였다.

고수들에게 돌덩이를 치우는 일은 짚더미를 나르는 일이나 별 차이가 없었다.

돌덩이를 나른 지 반 시진쯤 지나자 통로가 완전히 드러났다.

너비 이 장, 높이 일 장. 무덤의 통로치고는 엄청난 규모였다.

그만큼 무덤의 규모 또한 크다는 뜻.

먼저 갈원이 천화궁의 주요 고수들과 함께 안으로 들어갔다.

이제부터는 갈원이 인도자였다.

사운평은 멀리서 그 광경을 지켜보며 고개를 갸웃거렸다.

"누구 무덤인데 저렇게 크지?"

이연연이 나름대로 추측해서 말했다.

"나무가 아름드리로 자란 걸 보니 무척 오래된 무덤 같아요."

"맞아. 수백 년은 되었겠는데? 어쩌면 더 오래 되었을지도 모르고."

"구석진 계곡에 있는 걸로 봐서 유명했던 왕의 무덤은 아니에요. 아마 제후나 일대의 호족 무덤이 아닐까 싶어요."

사운평은 그 말을 듣고 문득 어떤 생각이 떠올랐다.

"어쩌면 옛날에 강대한 세력을 구축했던 무림 세력의 주인이 잠들어 있는지도 모르지."

어쨌든 중요한 것은 무덤의 주인이 아니었다.

북야설이 물었다.

"문주, 우리가 맡은 임무, 설마 경비 임무가 전부인 것은 아니겠지?"

사운평은 순순히 대답해 주었다.

이제 삼비총 발굴이 시작된 이상 다른 사람들도 알고 있어야 했다.

"백원양은 누군가가 이번 삼비총 발굴을 이용해서 피바람을 일으킬지 모른다고 했어. 그러면서 만에 하나 그런 일이 벌어지면 누가 꾸민 일인지 조사해 달라고 하더군."

그리고 딸에게 전해달라고 했다.

하지만 그 말은 하지 않았다.

비밀은 아는 사람이 적을수록 좋은 법이니까.

"왜 그 말을 이제 하는 거지? 우린 경비 임무만 맡으면 되는 줄 알았잖아?"

북야진이 불만을 터뜨렸다.

사운평이 간단하게 그의 불만을 묵살했다.

"청부금이 금자 천 냥이야. 어떤 미친놈이 단순한 경비 임무 맡기면서 그런 거금을 내놓겠어?"

멍청하긴!

직접적으로 말하진 않았지만 북야진의 귀에는 그 말이 들리는 듯했다.

"아무리 많은 돈도 죽으면 소용없는 법이야. 미리 알았다면 다시 생각해 볼 수도 있었을 거 아냐?"

"나도 죽고 싶어서 환장한 놈은 아니야. 연연이를 두고 내가 왜 죽어? 무조건 살아야지."

"그럼……?"

"약속을 했으니 하는 데까지는 해 볼 거야. 남자새끼가 약속을 어길 수는 없잖아?"

게다가 선수금으로 받은 돈도 있다. 어기면 배로 물어줘야 한다.

그뿐이 아니다. 중요한 이유가 하나 더 있다. 아직은 말할 수 없는 이유가.

사운평은 대신 그럴싸한 이유를 하나 더 댔다.

"더구나 갈원 대협이 안으로 들어갔어. 설마 문도를 버리고 도망가자는 건 아니겠지?"

토를 달면 신의를 배반한 놈이 될 판이다.

북야진도 더 이상 대꾸하지 못하고 대충 얼버무렸다.

"하긴 갈 대협을 놔두고 갈 순 없지."

사운평이 북야진의 입을 막고 호우를 바라보았다.

"만약 위험한 상황이 벌어지면, 호우 형은 연연이 곁을 떠나지 말고 잘 지켜."

"와하하하, 연연이는 걱정 마! 어떤 놈이든 연연이를 아프게 하면 가만 안 둘 거야!"

호우가 호탕한 웃음을 터트리며 눈을 부라렸다.

사운평은 그 모습을 보고 공연한 걱정이 앞섰다.

'저러다 끝까지 따라다니는 거 아냐?'

　　　　　*　　　　　*　　　　　*

　갈원이 초롱불을 앞세우고 앞장서서 나아갔다.

　그 뒤를 천화궁의 부궁주인 나종악과 호궁호법 둘, 동방기, 백원양 등 최고위 간부 여덟 명과 천화궁의 최고 정예인 신화단 무사 열여덟 명이 따라갔다.

　앞장 선 갈원이 벽과 바닥, 천장을 세심하게 살펴보며 기어가듯이 전진하다 보니, 겨우 삼십 장을 전진하는데 이각이나 걸렸다.

　뒤를 따라가는 사람들의 얼굴에 서서히 짜증이 떠오를 즈음, 돌무더기와 뒤섞인 백골이 하나 둘 나타나기 시작했다.

　발 다친 거북이처럼 느린 전진에 짜증을 내던 사람들도 백골이 보이기 시작하자 더 이상 투덜대지 않았다.

　그렇게 세 번쯤 꺾어져서 무덤의 중앙에 이르렀을 때, 드디어 지하로 향하는 첫 번째 계단이 나왔다.

　걸음을 멈춘 갈원이 천화궁의 간부들을 돌아보며 말했다.

　"여기까지는 전에 들어왔던 자들이 기관을 정지시킨 것 같소. 이제부터 진짜 위험이 도사리고 있을 것이니, 개인행동은 자제하고 철저히 이 갈 모의 말에 따라주시오."

　흔들리는 불빛에 비친 무시무시한 인상, 음산한 어조.

　천화궁 간부들 중 일부가 움찔했다.

　갈원의 말뜻보다 갈원의 모습이 더 섬뜩했다.

　'인상 한번 죽여주는군.'

'불빛에 비치니 더 살벌하네.'

밖에 있던 사운평도 경계 임무에 투입되었다.

그들에게 맡겨진 방향은 서쪽이었다.

"모두 조심해. 천해장으로 돌아갈 때 이 인원에서 한 사람도 빠지지 않았으면 하는 게 내 마음이야."

사운평이 일행을 둘러보며 한마디 했다.

제법 감동이 느껴지는 내용이고, 목소리도 울림이 있었다.

아마 사족만 달지만 않았어도 몇 사람은 가슴이 먹먹한 감동을 느꼈을지 몰랐다.

"설마 사람이 줄어든다고 해서 자기 몫이 커질 거라고 생각하는 사람은 없겠지?"

북야진의 눈매가 가늘어졌다.

"왜 그 말을 하면서 우리를 봐?"

"문주나 조심해. 연 동생과 노닥거리느라 한눈팔지 말고."

북야설이 쏘아붙이고 돌아섰다.

먹먹해지려던 가슴이 차갑게 식은 조연홍도 혀를 찰 것 같은 표정이었고.

'하여간……'

그러든 말든 사운평은 이연연에게만 신경 썼다.

"연연아, 너는 내 옆에 바짝 붙어 있어."

신시(申時:오후3시~5시) 무렵, 산촌의 장원에서 봤던 노인이 사운평 일행 쪽으로 다가왔다.

백화기주 강효. 그가 삼비총 외곽 경계 임무의 총책임자였다.

그는 솔직히 사운평과 천해문 사람들이 영 마음에 안 들었다.

천화궁의 제자들을 더 동원할 수 없다는 것을 그도 모르지 않았다.

정식 제자가 백 명 넘게 동원된 것도 수십 년 만에 처음 있는 일 아닌가.

제자들을 더 동원했다가 자칫해서 삼룡의 이목에 걸리기라도 하면 천화궁이 위기에 처할 수도 있었다.

'아무리 그렇다 해도 이토록 중요한 일에 저런 자들을 불러들이다니.'

마치 목구멍 깊숙한 곳에 가는 가시가 박혀서 숨을 쉴 때마다 거치적거리는 느낌이었다.

"백 령주는 그대를 매우 중시하더군. 그런데 사문에 대해서는 아무 말도 없던데, 혹시 스승이 누군지 말해 줄 수 있나?"

"죄송합니다. 저희 직업이 직업인지라 남에게 말할 수 없는 비밀이 제법 많지요."

한마디로 '말 할 수 없어.' 라는 뜻.

'건방진 놈.'

강효는 사운평의 태도가 눈에 거슬렸다.

무슨 일인지 몰라도 동방기가 사운평을 만나고온 후 사람이 달라졌다.

활기찬 표정도 먹구름이 낀 것처럼 무거워졌고, 자신만만하던 목소리도 음울하게 바닥까지 깔렸다.

몇 사람이 그에게 무슨 일이냐고 물어봤지만, 그는 별 일 아니라는 말만 하고 입을 다물었다.

'분명히 이놈하고 무슨 일이 있긴 있었던 것 같은데……'

그러나 확실한 상황을 모르는 한 아직은 사운평을 건드릴 때가 아니었다.

급할 때는 개똥도 필요할 수 있으니까.

"말할 수 없다면 할 수 없지. 감추고 싶은 비밀은 누구에게든 있는 법이니까."

"이해해 주셔서 감사합니다."

그때 삼비총 안쪽에서 울림이 일었다.

우르르르릉.

미미하긴 하나 발바닥을 통해서도 그 울림이 느껴졌다.

사람들은 바짝 긴장한 채 삼비총의 변화에 촉각을 곤두세웠다.

도대체 저 안에서 무슨 일이 벌어지고 있는 걸까?

그러나 곧 울림이 멈추고 일대가 다시 고요해졌다.

강효는 잠시 더 기다린 후 아무런 일도 없자 이마를 찌푸리며 말했다.

"어쨌든 밤에도 경계를 게을리 해선 안 되네. 인원을 두 개조로 나누어서 공백이 없도록 하게."

"알겠습니다."

짧게 대답하고 삼비총을 바라보는 사운평의 눈빛이 깊게 가라앉았다.

'느낌이 더럽군. 누군가가 일을 꾸몄다면 한바탕 피바람은 피할 수 없겠어.'

第二章

새벽의 불청객(不請客)

　새벽바람이 무척 쌀쌀했다.

　어스름을 헤치고 산길을 빠르게 나아가는 사람들의 가슴에도 어느덧 겨울이 성큼 다가와 있었다.

　숨을 내쉴 때마다 가슴에서 뿜어진 하얀 김이 숨결을 따라 흘러나온다.

　소리 없는 이동. 긴장된 표정.

　그 사이에서 냉랭한 목소리가 들렸다.

　"일단 경비 무사부터 최대한 빨리 제거해서 안에 들어간 놈들이 대처할 시간을 주지 않아야 하오."

　싸늘한 표정의 노인, 염치상이었다.

　어스름 속에서 그의 눈빛이 차갑게 번뜩였다.

그와 함께 지면을 스치듯 달리는 천의산장의 고수는 이십여 명.

절반 이상이 절정 경지를 넘어선 자들이었다.

그중 얼굴이 긴 오십 대 중반의 중노인이 자신만만하게 말했다.

"걱정 마시오, 염 장로. 놈들은 우리 상대가 될 수 없을 거요."

"상대는 삼비 중 천화 일맥이오. 방심은 금물이오, 고 장로."

천의산장의 고수 대다수는 천의산장에 들어간 후에야 삼비의 존재를 알게 되었다.

오 년 전 천의산장에 몸을 의탁한 고경양도 그러했다.

사실 그는 삼비에 대한 말을 반신반의 했다.

강호에 그토록 강한 자들이 있었는데도 자신이 모르고 있었다니.

삼비총을 향해 달려가는 지금도 의문이었다.

사실일까?

정말 그렇게 강할까?

한편으로는 강함을 추구하는 무사로서 피가 끓었다.

"그들이 정말 소문만큼 강한지 한번 봐야겠소."

"그런데 염 장로, 금 원주를 기다리지 않고 우리끼리만 공격해도 괜찮은지 모르겠구려. 한나절 정도만 기다리면 도착할 텐데, 차라리 기다렸다가 함께 공격하는 것이 낫지 않겠소?"

이번에는 여무량이 걱정스런 표정으로 물었다.

염치상도 여무량이 무엇을 염려하는지 잘 알고 있었다. 하지만 그가 서두르는 것에는 그만한 이유가 있었다.

"내 예상이 옳다면 지금 삼비총으로 향하는 무리는 우리들만 있는 게 아닐 거요."

"하면……?"

"아마 신궁도 움직였을 거요. 어쩌면 다른 자들도 움직였을지 모르고 말이오."

"그럼 더욱 더 주력과 합류하는 게 낫지 않겠소?"

"우리는 소문을 중간에서 들었소. 다른 사람들이 소문을 듣고 달려온다 해도 최소한 우리보다 빠르진 않을 거요. 나는 그들이 오기 전에 놈들을 칠 생각이오."

"우리만으로 가능하겠소?"

"밀각의 보고에 의하면 놈들의 숫자가 백 명 안팎이라 했소. 그들 중 간부나 주요 고수들은 삼비총에 들어갔을 거요. 그렇다면 남은 자는 많아야 칠팔십 명 정도? 일개 경비를 책임진 자들로는 우리를 막을 수 없을 거요."

은근히 걱정을 하고 있던 몇 사람이 고개를 끄덕였다.

일리가 있는 말이다.

게다가 남은 자들은 대부분 평무사일 터. 그들 정도야 백 명이 아니라 이백 명이라 해도 두려울 것 없었다.

"저기 삼비총이 보입니다."

앞장서서 달리던 중년 무사가 뒤를 보며 말했다.

어스름이 밀려가면서 세상이 밝아지고 있었다.

그때 밝아지는 저편 계곡 사이에 불룩 솟아있는 동산이 하나 보였다.

개미 같은 점들이 그 동산 아래쪽에서 오가고 있었다.

"드디어 다 왔군. 갑시다!"

짧고 차가운 일성과 함께 염치상이 걸음을 빨리했다.

*　　　*　　　*

남쪽을 지키던 백화기 무사들은 저 멀리서 누군가가 달려오는 걸 보고 걸음을 멈췄다.

"저기 오는 자들은 뭐지?"

"어디? 어? 스무 명쯤 되겠는데?"

"혹시…… 적?"

"이런, 빌어먹을! 적이야! 모두에게 알려!"

서쪽에 있던 사운평 일행도 남쪽에서 울리는 외침을 들었다.

"적?"

사운평은 그 말을 듣는 순간 등줄기를 타고 싸한 냉기가 흘렀다.

백원양. 그의 예측이 맞았다.

오늘의 일은 백원양이 낙양의 명물 백운선생이라는 것과는 상관없는 일이다.

역(易)으로 점을 쳐서 알아낸 것이 아니라 그간의 상황으로 추측한 일이 사실로 들어난 것뿐.

어쩌면 그래서 더 몸서리쳐지는 일일지 몰랐다.

'빌어먹을! 그의 예상이 틀리기를 바랐는데!'

"대형! 적이 남쪽을 공격한 것 같습니다."

"나도 알아."

무뚝뚝하게 대답한 사운평이 주위로 몰려든 천해문 사람들을 둘러보았다.

"잘 들어. 어쩌면 지금 공격해 온 자들 외에 또 다른 자들이 올지 몰라. 그들의 목적은 삼비총보다 천화궁 제자들일 가능성이 커."

북야진이 이맛살을 찌푸리며 물었다.

"왜 그런 생각을 한 거지?"

"삼비총 발굴에 대한 소문이 밖으로 새어나갔을지도 모른다는 말을 들었어. 그런데 무덤으로 들어간 지 하루도 안 돼서 공격해온 걸 보면 확실한 것 같아."

"그럼 삼룡도 알고 있단 말인가?"

"맞아. 어쩌면 지금 공격해온 자들이 그중 하나일지 몰라."

그때 남쪽에서 다시 고함이 터져 나왔다.

"천의산장 놈들이다!"

사운평의 얼굴이 일그러졌다.

"젠장! 하필이면 천의산장이 제일 먼저 왔군."

"그럼 어떡할 생각입니까, 대형? 설마 우리 힘으로 저들을 막을 수 있다고 생각하시는 건 아니겠죠?"

조연홍이 불안한 표정으로 물었다.

사운평도 갈등이 일었다.

도저히 안 될 상황이면 청부를 포기할 권리가 있었다.

그러나 싸워보지도 않고 꽁지를 말순 없었다.

"우린 돈을 받고 청부를 맡았어. 적이 무섭다고 무작정 도망가긴 그렇잖아?"

"그 말은 문주가 옳아. 지금 도망가는 건 비겁한 일이다."

궁탁이 사운평의 손을 들어주었다.

사운평도 나름대로 결심을 굳혔다.

"호우 형은 여기서 연연이를 지키고, 나머지는 일단 천화궁을 돕기로 하지."

그때였다.

쩌저정!

"으악!"

"놈들을 막아라!"

계곡을 울리는 기의 파열음과 비명이 뒤섞여 들렸다.

"드디어 본격적으로 붙은 모양이군. 가보자고!"

*　　　*　　　*

"그쪽을 막아!"

"놈들을 안으로 못 들어가게 해!"

치열한 격전.

비명과 악다구니가 쉴 새 없이 터져 나왔다.

동쪽과 북쪽에 있던 천화궁 제자들마저 모두 몰려들었다. 간부를 제외한 일반 제자들은 서너 명씩 조를 이루어서 천의산장 고수 한 사람을 상대했다.

절정 수준은 아니지만 극양의 기운이 실린 그들의 공세는 천의산장의 고수들에게도 위협적이었다.

더구나 톱니바퀴처럼 돌아가는 합공은 한순간의 방심도 용납하지 않았다.

예상보다 강한 저항.

자신만만하던 천의산장 고수들의 표정이 굳어졌다.

잠깐 사이 천화궁 제자 칠팔 명을 쓰러뜨렸다.

하지만 그러한 상황마저도 마음에 안 들었다.

아무리 정예 제자라 해도 경비를 맡고 있는 자들이다. 간부는 몇 명 되지도 않고.

그러한 자들을 상대하면서 어려움을 겪다니.

말로만 들었던 천화궁의 무서움을 간접적으로나마 느낀 그들은 공력을 더욱 강하게 끌어올렸다.

여차하면 치욕을 당할 판이다. 공력을 아껴둘 여유가 없었다.

"젠장! 듣던 것보다 더 강하구나!"

"인정사정 두지 말게!"

악에 바친 고함이 여기저기서 터져 나왔다.

전력을 다한 절정 고수의 공세는 무서웠다.

겨우겨우 버티던 천화궁 제자들의 방어막이 거세게 흔들렸다.

피를 토하며 날아가는 자, 팔다리가 잘려서 비명을 내지르며 쓰러지는 자, 악을 쓰며 목숨을 사리지 않고 달려드는 자.

천화궁 제자들은 사력을 다해서 천의산장 고수들을 막았다.

"죽일 놈들! 네놈들 뜻대로 되지는 않을 것이다!"

백화기주 강효는 염치상을 노려보며 이를 갈았다.

"흥! 제법이다만 오늘 네놈들이 갈 곳은 지옥밖에 없다!"

"지옥은 네놈이나 가라!"

강효가 쌍장을 뻗으며 달려들었다.

불길처럼 뜨거운 기운이 그의 쌍장에서 쏟아졌다.

염치상도 겉으로는 코웃음 쳤지만 방심하지 않았다.

십여 초의 대결.

이름도 알려지지 않은 상대의 무위가 철수무정객이라 불리는 자신과 비슷했다.

특히 쌍장에서 뿜어져 나오는 장력에는 가공할 극양의 기운이 서려 있었다. 백운장에서 경험해 보지 못했다면 방심하다가 당했을지 몰랐다.

그는 자신의 절기인 철양수를 펼치며 신중하게 상대했다.

콰과광! 떠덩!

연이어서 터져 나오는 폭음.

강효와 염치상은 쉬지 않고 오 초의 공방을 펼쳤다.

어느 누구도 우세를 점하지 못한 팽팽한 대결.

문제는 시간이 가면서 천화궁 제자들의 쓰러져가는 속도가 빨라지고 있다는 점이었다.

상황이 악화되자 강효는 초조해지고, 염치상은 마음에 여유가 생겼다.

고수들 간의 대결에서는 그러한 정신적 차이가 치명적으로 작용하는 법.

콰광!

장력이 충돌하면서 뒤로 주르륵 밀려난 강효의 눈매가 잘게 떨렸다.

염치상도 서너 걸음 물러섰지만 눈빛은 더욱 차갑게 번뜩였다.

그는 수하들의 목숨이 걱정된 강효가 다른 곳을 향해 눈을 돌리는 순간, 벼락처럼 쌍장을 뻗었다.

전력을 다한 철양수의 공격.

강효가 아차! 하고 다급히 장력을 펼쳤을 때는 이미 염치상의 공세가 코앞까지 밀려와 있었다.

떠더덩!

"크읍!"

강효가 나직한 신음을 토하며 대여섯 걸음 물러섰다.

염치상은 상대가 내상을 입었다는 걸 알고 득의의 웃음을 지으며 신형을 날렸다.

"후후후, 이제 끝내자!"

철양수의 강맹한 기운이 그의 양손에서 넘실거렸다.

그때였다.

"염 씨! 당신은 나하고 싸우자고!"

사운평이 소리치며 두 사람 사이로 뛰어들었다.

쉬아아악!

한줄기 뇌전이 번쩍이며 허공을 갈랐다.

염치상은 강효를 공격하려던 쌍장을 틀어서 도세에 맞섰다.

이상할 정도로 '염 씨!' 라는 말이 신경에 거슬렸다.

돌아보니 새파랗게 젊은 놈이다.

"죽일 놈이 감히!"

이마에 핏대가 솟았다.

그러나 감정만으로 상대하기에는 사운평의 도세가 너무 강했다.

그는 철양수를 다섯 번이나 휘둘러서 겨우 사운평의 도세를 막아 냈다.

쩌저저정!

사운평은 그 와중에도 입으로 펼치는 공격을 멈추지 않았다.

"누가 죽을지는 두고 보자고, 염 씨 노인장!"

그러고는 강효를 향해서도 한소리 내질렀다.

"뭐하쇼! 이 염 씨 노인은 내가 맡을 테니 다른 사람들이나 도와줘요!"

갑작스런 사운평의 등장에 멍하니 바라보고만 있던 강효가 정신을 차렸다.

"알았네!"

사운평이 바로 질 것 같진 않다.

당장 급한 쪽은 자신의 수족과 같은 천화궁 제자들이다.

강효가 천화궁 제자들을 돕기 위해 몸을 돌리자 초조해지는 사람은 염치상이었다.

눈앞에 나타난 놈뿐만이 아니라 다른 자들 몇이 천화궁 쪽에 가세했다.

강한 자들이었다. 천의산장 고수들에게 뒤지지 않을 정도.

그런데 그들 중에 눈에 익은 자가 있었다.

"여무량! 잘 됐군. 오늘 이곳에서 결판을 내자!"

양천일수 여무량을 향해 소리치며 다가가는 자.

진천권마의 제자라던 그자가 분명하다.

'그렇다면……?'

사운평을 바라보는 염치상의 눈이 커졌다.

얼굴은 다르지만 몸매가 눈에 익었다.

"네, 네놈은……?"

"어? 눈치챘나 보네?"

염치상의 얼굴이 벌겋게 달아올랐다.

자신을 속여서 헛걸음치게 만든 놈. 돈까지 사기 친 놈.

분명 그놈이다.

주둥이를 부숴버리겠다고 몇 번이나 다짐하게 만들었던 그놈!

"오냐, 잘 만났다. 이 죽일 놈!"

"글쎄요, 누가 죽을지는 두고 봐야죠."

사운평의 목소리가 착 가라앉았다.

눈빛과 표정도 조금 전과 달리 차갑게 변했다.

그리고 손에 들린 도에서 은은한 묵기가 흘러나왔다.

"죽어라, 건방진 놈!"

염치상이 분을 참지 못하고 몸을 날리며 쌍장을 뻗었다.

한편, 전장에 뛰어든 천해문 사람들은 각자 한 사람씩 상대를 골랐다.

궁탁은 조금도 망설이지 않고 여무량을 택했다.

그는 손에 낀 가죽장갑을 벗어서 품속에 넣고 여무량을 향해 다가 갔다.

성큼성큼 걸음을 옮길 때마다 옷자락이 펄럭거렸다.

움켜쥔 두 주먹의 그물 같은 상흔이 살아 있는 지렁이처럼 꿈틀거 렸다.

여무량도 침중한 표정으로 궁탁을 노려보았다.

피할 수 없는 외나무다리에서 만남이었다.

'진천권마와의 연을 여기서 마무리 짓는 것도 괜찮겠지.'

여무량을 상대하던 천화궁 제자들은 궁탁이 나서자 재빨리 물러섰 다.

그 사이 북야진과 북야설, 조연홍, 예리상, 위지강도 자신들이 고 른 상대를 향해 전력을 다해 공격했다.

천의산장 쪽 고수들은 사운평 일행이 뛰어들자 당황했다.

숫자도 적은 판에 일곱 명이나 손발이 묶여버렸다.

더구나 상대의 무공마저 약하지 않아서 당장 떨쳐내기도 쉽지 않 았다.

결사적으로 저항하던 천화궁 제자들도 이길 수 있다는 마음이 들 었는지 힘을 내서 상대를 몰아붙였다.

"놈들이 물러선다! 몰아붙여!"

"죽으면 무슨 소용이야! 마누라에게 쓸 힘까지 여기서 다 써버 려!"

그때, 사운평과 염치상이 싸우는 곳에서 꿍음이 터졌다.

쾅!

"크억!"

염치상이 비명에 가까운 신음을 토해내며 미끄러지듯 뒤로 물러섰다.

일그러진 얼굴, 시뻘겋게 물든 그의 어깨에서 핏물이 흘렀다.

손끝이 잘게 떨리는 걸 보니 부상이 제법 심한 듯했다.

사운평은 찰나도 망설이지 않고 쇄도했다.

쩌저저적!

칼에서 뻗어 나온 묵선이 허공을 가르자 얼음장 갈라지는 소리와 함께 살벌한 도강이 그물처럼 펼쳐졌다.

무영천살도의 일섬단천과 천추오검의 검결이 조화를 이루며 만들어진 만천단세(滿天斷勢)였다.

염치상은 눈을 부릅뜨고 뒤로 튕기듯이 몸을 날리며 쌍장을 휘둘렀다.

그러나 위력이 급감한 그의 철양수로는 사운평의 공격을 차단할 수 없었다.

츠츠츠츠.

은은한 묵빛 도강이 채찍처럼 뻗어 나가며 염치상을 훑고 지나갔다.

"크읍!"

염치상의 얼굴이 참담하게 일그러졌다.

이 장이나 물러나서 흔들리는 몸을 겨우 세운 그의 몸이 사시나무처럼 떨렸다.

도강이 스치고 지나간 곳에서 뭉클거리며 뿜어지는 핏물.

"정말…… 무서운 도법이구나."

떨리는 입술이 열릴 때마다 선홍빛 핏줄기가 흘러나와서 수염을 타고 뚝뚝 떨어졌다.

사운평도 그쯤에서 공격을 멈췄다.

더 공격할 것도 없었다. 내부로 파고든 도강의 기운이 이미 염치상의 기맥을 조각내버린 상태였다.

"너 같은 놈이 있었다는 걸 모른 게 실수로다. 전에 만났을 때 죽여야 했거늘……."

"그 전에도 만난 적이 있는데, 기억이 안 나나 보군요. 그때 저에게 철부지라고 했는데 말이죠."

"무슨……?"

사운평의 입술 끝이 살짝 비틀렸다. 말투도 보다 차가워졌다.

"당신은 영호 노선배를 욕할 자격이 없어. 저 세상에 가거든, 그분이 일영지를 바라보며 뭘 고민했는지 잘 생각해 보쇼."

염치상의 떨리던 눈이 커졌다.

영호명, 일영지.

어느 날 천의산장의 연못가에서 영호명과 함께 봤던 한 청년이 떠오른 것이다.

"네가 그럼……!"

사운평은 그를 놔둔 채 돌아섰다.

부들거리던 염치상의 몸이 서서히 기울어지고 있었다.

그리고 곧 털썩! 하는 소리와 함께 철수무정객의 이름이 강호에서 지워졌다.

쾅광!

천둥소리와 함께 여무량이 땅바닥에 나뒹굴었다.

우웩!

벌떡 몸을 일으킨 그는 한 움큼 핏덩이를 쏟아냈다.

풀어헤쳐진 머리카락, 백짓장처럼 창백한 얼굴, 가슴의 옷자락은 반쯤 가루로 변해서 너덜거렸다.

그 와중에 궁탁을 바라보는 눈빛이 격렬하게 흔들렸다.

"수라마권…… 네가 수라마권을 익혔구나. 그 손을 봤을 때부터 짐작했어야 하거늘."

"아직 완성된 건 아니오."

"크큭, 완성되지도 않은 수라마권에 졌다는 건가?"

"사부께선 당신을 만나거든 수라마권이 약해서 진 것이 아니라는 걸 알려주라 하셨소."

궁탁의 안색도 해쓱해져 있었다.

그러나 눈빛만큼은 그 어느 때보다 차갑게 번뜩였다.

"모두 후퇴해!"

천의산장의 장로인 단철신검(斷鐵神劍) 고경양이 소리쳤다.

천화궁의 피해도 컸지만, 그들 역시 반 가까이가 쓰러진 상태였다.

특히 책임자라 할 수 있는 염치상마저 죽지 않았는가.

사기가 저 밑바닥까지 떨어진 천의산장 고수들은 그 즉시 몸을 뒤로 빼서 거리를 벌였다.

그러나 두세 명은 부상이 심해서 바로 물러서지도 못했다.

여무량 역시 그런 사람 중 하나였다.

그가 힘겹게 뒤로 물러서자 천화궁 제자 두엇이 퇴로를 막았다.

"흥! 어딜 도망가려고!"

궁탁이 그들을 향해 무뚝뚝한 어조로 말했다.

"그 사람은 그냥 놔둬."

멈칫한 천화궁 제자들이 영문을 알 수 없다는 눈빛으로 궁탁을 바라보았다.

궁탁은 여전히 무심한 눈빛이었다.

"그는 사부님을 죽일 수 있는 데도 살려 주셨지. 그 빚은 갚아야하지 않겠나?"

사운평이 머뭇거리는 천화궁 제자들을 향해 한소리 내질렀다.

"빚을 졌으면 갚는 게 진짜 남자 아니겠어? 뭐해! 궁 형이 그냥 가게 놔두라잖아!"

천화궁 제자들은 사운평의 말을 무시하지 못했다.

무시무시한 위력의 장력으로 천화장 제자들을 죽인 염치상을 단 몇 수만에 쓰러뜨린 사람이 사운평인 것이다.

저자가 뺀질거리던 그자 맞아?

모두가 혼란스러워하면서도 뒤로 물러섰다.

＊　　　＊　　　＊

"피해가 너무 크군."

강효가 창백한 안색으로 말하며 미간을 좁혔다.

칠십여 명 중 죽은 사람만 해도 이십 명이 넘었다. 중상자까지 합하면 사십여 명이나 되었다.

거기다 남은 자들 역시 성한 자가 거의 없었다.

그는 한쪽에서 부상을 치료하고 있는 사운평 일행을 향해 고개를 돌렸다.

죽은 사람은커녕 중상자도 없었다.

조연홍과 예리상의 몸이 피로 물들어 있었지만 움직이는데 지장이 있을 정도는 아니었다.

그런데 부상을 입었다고 사운평이 어찌나 좋알대며 뭐라고 하는지 누가 보면 엄청난 상처를 입은 듯했다.

'도무지 속을 알 수 없는 놈이군.'

"연홍, 내가 조심하라고 몇 번이나 말했잖아! 아까 보니까 저번에 가르쳐준 초식을 엉터리로 펼치던데. 그동안 뭐한 거야? 네가 다치면 내가 얼마나 가슴 아픈 줄 알아?"

솔직히 가슴이 아픈 것 같진 않았다.

그저 짜증이 난 것처럼 보일 뿐.

"대형도 참! 내공이 늘어야 제 위력을 발휘하는데, 내공이란 게 어디 몇 달 사이에 팍팍 늘어나는 줄 아세요?"

"엉뚱한 짓 않고 열심히 수련했으면 지금보다는 나았을 거 아냐?"

"저도 열심히 했다고요!"

"열심히 했다고? 시간만 나면 소소하고 이상한 짓만 하면서 놀았던 네가?"

"제가 무슨 이상한 짓을 해요?"

"저번에 그랬잖아? 손잡고 이상한 짓 했다고."

"그냥 손만 잡았다니까요. 다른 짓은 안했어요!"

"정말? 뽀뽀를 했다든가, 아니면 가슴을 만졌다든가⋯⋯."

"문주!"

공기조차 얼려버릴 것 같은 차가운 목소리가 사운평의 등덜미를 덮쳤다.

소리친 사람은 북야설이었다.

북야진도 광선을 쏘듯이 노려보았고, 위지강은 한숨을 쉬었다.

그들도 자잘한 부상을 입은 상태였다. 하지만 아무 말도 하지 않았다.

말하고 사운평에게 한소리 듣느니 혼자 앓는 게 낫지.

"다들 몸은 좀 어때?"

"걱정 마. 긁힌 정도니까."

"괜찮네."

"리상, 이리 와봐. 상처 좀 보자."

"나도 괜찮아."

"연홍이하고 손발을 맞추면 멋진 한쌍의 사마귀가 될 것 같던데, 왜 혼자 싸워?"

"그게 편하니까."

"고집 부리지 말고 다음부터는 손발을 맞춰 봐. 내가 보기에는 서로가 지닌 무공이 상대의 단점을 보완해 줄 수 있을 것 같아."

"나는 혼자 싸우는 게……."

"해 봐."

갑자기 사운평이 무게를 잡고 예리상의 눈을 똑바로 쳐다보았다.

"……."

"하다 보면 배우는 게 있을 거야. 사실 연홍이 초식을 제대로 펼치기만 했어도 저렇게 부상을 입지 않았을 거야. 본래 위력은 연홍이 펼친 것보다 열 배는 더 강하거든. 그런데 짜식이 소소하고 노느라 게으름만 피워서 제 위력을 발휘하지 못하고 있는 것뿐이야."

"정말 그렇게 하면 강해질까?"

"내가 약속하지. 단, 네가 반드시 유념해야 할 것이 있어. 쾌만 가지고는 안 돼. 쾌에 둘 중 하나를 엮어 봐. 중(重)이든, 변(變)이든. 내가 봐선 변이 어울릴 것 같아."

한쪽 눈을 찡긋한 사운평이 몸을 돌렸다.

북야설과 눈이 딱 마주쳤다.

그 김에 한 마디 더했다.

"어설픈 음공은 몸만 상해. 극복하기 전까지는 함부로 펼치지 마."

북야설의 싸늘하던 눈빛이 순간적으로 흔들렸다.

'설마……?'

하지만 사운평은 그녀가 묻기 전에 몸을 돌려버렸다.

"자! 운기해서 손상된 공력부터 회복해. 놈들이 또 언제 올지 모르니까. 재수 없으면 쉴 틈도 없이 놈들과 싸워야할지 모르거든."

그때 삼비총 꼭대기에서 호우가 내려오며 호들갑스럽게 소리쳤다.

"문주! 저기 사람들이 온다!"

손으로 가리키는 방향이 서쪽이다.

적일 가능성이 크다는 말.

'지미, 말이 씨가 됐네.'

강효가 호우의 목소리를 듣고 사운평 쪽으로 다가왔다.

"우린 입구를 막고 한 사람이 남을 때까지 싸울 생각이네. 자네들은 어떻게 할 건가?"

결연한 표정. 그의 얼굴에는 천화궁을 위해서 목숨을 바치겠다는 각오가 그대로 들어나 있었다.

"일단 어떤 자들인지 알아보겠습니다. 혹시 누가 지원을 보내기로 한 적은 없습니까?"

"없네."

"그럼 우리가 시간을 지체시킬 테니 그동안만이라도 운기하며 공력을 조금이라도 더 회복하십쇼. 천의산장 놈들이 또 올지도 모릅니다. 순순히 포기할 놈들이 아니니까요."

"도망친 자가 몇 명 되지도 않는데 또 공격할 거라고 보나?"

"오전에는 선발대만 왔죠. 본진은 아직 낯짝도 보지 못했습니다."

"으음, 알았네. 그리고……."

말을 멈춘 강효가 사운평을 빤히 바라보더니 포권을 취했다.

"그동안 자네들을 비웃었던 것에 대해 사과하겠네. 미안했네."

"어? 정말 비웃었습니까?"

그렇게 대놓고 물을 줄이야.

생각도 못한 말에 강효가 머쓱한 표정을 지었다.

"그게……."

"그렇게 보였다면 저희 의도가 어느 정도 성공한 셈이군요. 하하하, 이쪽의 힘을 파악하려던 적도 저희를 얕봤을 거 아닙니까?"

그게 그렇게 되나?

강효가 뭐라 대답도 못하고 눈만 껌벅였다.

정말 그런 의도였을까?

그런 의문도 들었고.

다른 사람들의 표정으로 봐선 그런 의도가 아니었던 것 같은데…….

사운평은 그가 더 묻기 전에 돌아섰다.

호우와 이연연이 삼비총에서 내려와 있었다.

"몇 명이나 돼?"

호우가 눈만 껌벅이자, 이연연이 대답했다.

"고개 넘어오는 걸 봤는데, 보이는 자만 오십 명이 넘을 거 같아요."

"거리는?"

"오 리쯤 돼요."

반 각이면 충분히 도착할 거리.

사운평은 천해문 사람들을 둘러보았다.

"소강하고 북야 형, 그리고 설만 날 따라와. 연홍하고 리성, 궁 형은 운기하고 있고, 호우 형은 연연이를 데리고 안전한 곳에 숨어있어.”

“오빠, 저도 싸울 수 있어요.”

“연연아, 네가 싸우면 내가 신경 쓰여서 안 돼.”

“그것도 그러네요. 알았어요. 오빠 말대로 할 게요.”

사운평은 말 잘 듣는 연연이가 정말 고마웠다.

“호우 형, 연연이를 부탁해.”

“걱정 마, 연연이는 내가 지켜줄 거야!”

*　　*　　*

서쪽으로 돌아간 사운평은 바위 뒤에 숨어서 전면의 숲을 노려보았다.

나무 사이로 사람들이 하나 둘 보이기 시작했다.

은밀하면서도 빠른 움직임. 하나 같이 일류 경지 이상의 고수들이었다.

이연연은 그들의 숫자가 오십 명이 넘을 거라 했는데, 꼬리처럼 뒤따라오는 자들까지 합하면 근 백 명은 될 듯했다.

‘제길, 저놈들이 끝이 아니라는 게 문제군.’

천화궁의 경비 전력이 크게 약화되었다.

한 번 더 큰 싸움이 벌어지면 천해문 사람들 중에서도 희생자가 나올지 모른다.

희생이 커지기 전에 이곳을 떠나는 것이 현명할지도…….

그런데 묘한 감정이 마음을 싱숭생숭하게 했다.

미우나 고우나 천화궁도 같은 비천문 사람들이다.

그들의 죽음을 빤히 알면서도 돌아서야한다는 사실이 영 마음에 안 들었다.

'한번 끝장을 봐?'

그때였다.

침침하던 사운평의 눈빛이 샛별처럼 반짝였다.

"어? 왕가잖아?"

나직한 소리였는데도 바짝 긴장해 있던 위지강과 북야진 남매는 그 말을 놓치지 않았다.

"아는 자들인가?"

위지강이 물었다.

"조금."

선두에 서서 빠르게 다가오는 자들 속에 왕호량이 있었다.

그렇다면 귀혼의 후예들?

"어떻게 할 건가?"

북야진의 착 깔린 목소리에서 두근거리는 심장 소리가 들리는 듯했다. 어지간히 긴장했나 보다.

'적으로 왔는지 친구로 왔는지, 그 점이 관건이군.'

일단 그것부터 알아보는 게 먼저다.

"내가 만나보겠어. 당신들은 여기서 기다려."

*　　　*　　　*

달리듯이 빠르게 걷던 귀혼문의 간부들은 갑자기 앞에 나타난 사운평을 보고 급히 걸음을 멈췄다.

상대는 혼자였다. 무척 젊은 놈.

그런데 옆구리에 칼을 차고 있는 걸 보니 산골의 무지렁이는 아니었다.

한손을 척! 들고 웃는 걸 보니 천화궁의 경비 무사도 아닌 듯했고.

"오랜만이군."

"누군데 우리 앞을 막은 거냐?"

왕호문이 사운평을 노려보며 차가운 목소리로 물었다.

삼비총이 코앞이다. 물을 것도 없이 그냥 제거하고 지나갈 수도 있었다.

이상한 느낌만 들지 않았다면 그렇게 했을지 몰랐다.

머리에 문제가 있는 놈처럼 실없이 웃지만 않았어도, 왕호량이 그를 아는 듯 말하지만 않았어도.

"엇? 너는……?"

"뭐 주워 먹을 게 있다고 여기까지 온 거지?"

사운평이 놀란 표정을 짓는 왕호량을 향해 물었다.

"천화를 만나러 왔다."

"왜?"

"전에 천화와 잘 지내보라고 하지 않았나?"

그제야 왕호문을 비롯한 귀혼문의 간부들은 사운평의 정체를 짐작했다.

그래 봐야 '천화와 잘 지내보라고 했던 놈' 정도였지만.

"맞아, 분명 그랬지. 그럼 화해하기 위해서 온 건가?"

"일단 이야기를 나눠볼 생각이지. 그보다, 천화는 삼비총에 들어갔나?"

"몇 사람이 먼저 들어갔지."

"그래? 그럼 밖에 있는 사람들을 만나봐야겠군."

"천화궁 사람들은 지금 잔뜩 긴장하고 있는 상태야. 이미 천의산장과 한바탕했거든? 그런데 당신들이 떼로 몰려가 봐야 싸움밖에 더 하겠어? 일단 내가 가서 말해 볼 테니, 당신들은 여기서 잠깐만 기다려."

그때 귀혼의 무리 중에서 사십 대 중년인 하나가 앞으로 나서며 짜증난 표정으로 말했다.

"우린 천화의 대표를 만나러 왔지, 너 따위의 지시를 들으려고 온 게 아니다. 비켜라, 꼬마야!"

꼬마?

사운평의 입꼬리가 길게 늘어졌다.

"나이를 똥구멍으로 처먹었나 보군."

"뭐, 뭐야?"

"내가 꼬마로 보여?"

"흥! 이제 보니 죽고 싶어 환장한 애송이군."

"사람을 그렇게 몰라보다니, 눈알이 썩었군."

"어디서 감히 썩은 주둥이를 놀리는 거냐!"

중년인이 앞으로 튀어나가며 독수리 발톱처럼 구부린 쌍수를 뻗었다.

우수는 가슴으로, 좌수는 얼굴로.

냉소를 띤 표정으로 날아드는 그의 두 손에서 푸른 기가 일렁거렸다.

귀혼문의 간부 누구도 중년인을 말리지 않았다. 심지어 왕호량조차도.

그들의 마음을 눈치챈 사운평의 입술이 미미하게 비틀렸다.

'내가 어떤 놈인지 알고 싶다는 거겠지?'

그렇다면 확실히 알려주지. 아주 확실하게!

그래야 앞으로 편해질 테니까.

스스스스.

바람이 낙엽을 쓸고 지나가는 기이한 소리가 나며 사운평의 몸이 흔들렸다.

동시에 신형이 흐릿해지는가 싶더니 중년인을 향해 마주쳐갔다.

눈 깜짝일 시간도 없이 두 사람의 공격이 뒤엉켰다.

직접적으로 손이 부딪치지 않았음에도 청광과 묵광이 부딪치면서 푸르고 검은 불꽃이 튀었다.

떠더덩! 쿠궁!

연이어 울리는 둔중한 격돌음.

순간적으로 사오 초의 공방이 이루어졌다.

그러다 어느 순간, 나뭇가지 부러지는 소리가 지켜보던 사람들의 고막을 파고들었다.

뚜둑!

"크윽!"

비명에 가까운 신음에 이은 외마디 북소리.

쾅!

중년인의 신형이 삼 장이나 훌훌 날아가서 땅바닥에 나뒹굴었다.

탁탁.

손바닥을 턱 사운평은 아무 일도 없었다는 듯 귀혼문 간부들 쪽을 향해 천천히 돌아섰다.

귀혼문 간부들은 눈으로 보고도 믿기지가 않았다.

귀혼문의 서열 이십 위 안에 드는 고수가 손 쓸 틈도 없이 당하다니.

"왕호량, 당신 생각해서 목 대신 팔을 부러뜨렸어. 단, 이번 한 번뿐이야."

거만하게까지 느껴지는 무심한 말투.

귀혼문 무사들 중에서 몇 명이 앞으로 튀어나갈 자세를 취한 채 왕호문의 명령을 기다렸다.

"멈춰라."

왕호문이 손을 들어서 그들의 행동을 말렸다. 그러고는 사운평을 차가운 눈빛으로 바라보며 물었다.

"호량 아우에게 자네에 대해서 들었지. 천화궁 사람은 아닌 것 같다던데?"

"그렇소."

"그런데 왜 천화궁의 일을 거드는가?"

"왕 형이 내 직업에 대해서 아무 말도 안 해 주었소?"

"그럼…… 진짜로 청부업자?"

듣긴 들었나 보다.

그런데 왜 어이없어 하는 표정을 지어?

기분 나쁘게 말이지.

청부업자가 뭐 어때서!

"맞소. 당신도 맡길 일 있으면 언제든 연락하쇼. 단, 살인 청부는 사양하겠소."

왕호문은 어이가 없었지만 내색하지 않았다.

청부업자와 싸워봐야 자신만 창피할 뿐.

"생각해 보지. 그런데 천화궁 사람들은 어디 있는가?"

"정말 천화와 대화를 하기 위해서 온 거요?"

"같은 대답을 두 번이나 할 필요가 있을까?"

"흠, 좋소. 그럼 당신과 왕호량을 비롯해서 다섯 명만 나와 함께 가고 나머지는 여기에 있기로 하죠."

"그럴 필요 있겠나? 어차피 싸우러 온 것도 아닌데."

"대화만 하려고 온 것도 아니겠죠."

"그야 그렇지만……."

"무사들을 많이 데려온 걸 보니 천화를 도와줄 마음이 있는 것 같은데, 아니오?"

"상황이 된다면."

"그래서 도와주는 셈치고 무사들을 여기에 남겨 놓자는 거요."

"무슨 말인가?"

"한 가지 묻죠. 이곳 일은 어떻게 알고 왔소?"

"강호에 소문이 퍼졌더군. 그래서 소문을 듣자마자 달려왔지."

"소문이 퍼졌다? 대단하군. 며칠 만에 천리 밖까지 소문이 퍼지다니."

과장되게 어깨를 으쓱인 사운평이 왕호문을 빤히 바라보았다.

"천화궁이 이런 일을 하면서 소문을 내고 했을 거라 보시오?"

왕호문이 뇌리를 스치는 생각에 눈매를 가늘게 떨었다.

"그럼 누가 소문을 의도적으로 퍼뜨렸다는 건가?"

"바로 그거요. 보기보다 머리가 빨리 돌아가는군요."

은근히 속을 휘젓는 말투.

왕호문은 욱하는 마음과 함께 욕설이 목구멍까지 치솟은 것을 가까스로 참았다.

'빌어먹을 놈!'

건든다고 넘어가면 지는 거다.

이럴 때일수록 냉정하게 상대해야 한다.

"누가 이쪽으로 오면 우리더러 그들을 막아달라는 뜻인가 보군."

"그렇소. 뭐 언제 올지는 모르지만."

왕호문은 더 이상 말싸움을 하고 싶지 않아서 사운평의 제안을 받아들였다.

"좋아. 그럼 자네 말대로 사람들을 이곳에 남겨놓지."

"근처에 몸을 숨기고 있다가, 혹시라도 수상한 자들이 접근하면 안쪽으로 연락부터 하라고 하쇼. 무작정 싸움부터 걸지 말고."

"그 정도는 말 안 해도 알고 있으니 걱정 말게."

"나처럼 젊고 잘 생긴 청년이 오더라도 얕보지 말고……."

"알았다니까!"

왕호문의 인내심이 한계의 벽을 뚫어버렸다.

'뭐 이런 놈이 다 있어?'

사운평의 얼굴이 그제야 펴졌다.

'잘됐어. 이제 이쪽은 이자들에게 맡기면 되겠군.'

*　　　*　　　*

사운평이 귀혼문 간부 다섯을 데리고 삼비총에 도착하자 분위기가 살얼음처럼 얼어붙었다.

삼비총 입구를 지키던 이십여 명의 천화궁 제자들이 귀혼문 간부들을 둘러싸고 살기 띤 눈으로 노려보았다.

왕호문은 그들의 시선을 받고도 태연하게 주위를 둘러보았다.

아직 시신조차 제대로 치우지 못해서 한쪽에 방치되다시피 한 상태였다.

피로 물들어서 검붉게 변한 흙, 진한 피비린내.

오면서 사운평에게 잠깐 듣긴 했지만 들은 것보다도 상황이 더 심각한 듯했다.

'천의산장에서 사람들을 보냈다면 다른 곳에서도 오지 말란 법은 없겠지.'

그때 강효가 싸늘한 목소리로 물었다.

"귀혼문에서 왔느냐?"

왕호문이 그를 향해 포권을 취했다.

"귀혼문 삼사(三師) 중 암혼사(暗魂師) 왕호문이라 하오."

강효의 주름진 눈썹이 꿈틀거렸다.

삼사는 귀혼문의 기둥이며 문주의 최측근으로 알려져 있었다.

그중 하나가 나타났다면 자신의 능력으로 해결할 수 있는 일이 아니었다.

그런데 왜 달랑 다섯 명만 이곳에 왔단 말인가?

"무슨 일로 이곳에 왔느냐?"

"문주님께서는 천화와 화해를 하고자 하시오."

생각지도 못한 말에 강효의 눈매가 잘게 떨렸다.

"화해를 하자?"

"그렇소. 문주님께서는 계속된 냉전이 더 이상 우리나 당신들에게 도움이 안 된다고 여기고 계시오."

"지난 십여 년 간, 그대들이 우리 쪽 형제를 몇 명이나 죽였는지 아느냐?"

"모두 열일곱 명으로 알고 있소."

"잘 기억하고 있군. 그런데도 화해하자는 말이 쉽게 나오는가?"

"그 일은 천화의 잘못도 크오. 아무런 양해도 구하지 않고 우리가 수십 년 동안 닦아놓은 터전을 잠식한 쪽은 천화였으니까 말이오."

"아무리 그렇다 해도 형제를 십여 명이나 죽일 정도의 잘못은 아니었다."

"우리의 절박한 사정을 천화에서 모를 리는 없을 터, 그 일에 대해서는 나중에 따지는 게 어떻겠소? 우리와 화해하는 게 정 싫다면 매달리고 싶은 마음은 없소."

왕호문이 강하게 나가자 강효도 더 이상 다그치지 못했다.

자신들의 사정을 알고 강하게 나온다는 걸 그가 왜 모를까.

그러나 감정을 앞세우기에는 상황이 너무나 안 좋았다.

"단순히 화해를 하기 위해서 온 것만은 아닌 것 같다만?"

"당연하오. 우리는 천화와 화해하고 삼비총에 묻혀 있는 조상들의 유산을 찾아보려 하오."

"흥! 가만히 앉아서 무공만 챙기겠다?"

"물론 공짜로 얻을 생각은 없소. 지금도 본 문의 형제 일백이 적의 접근을 막기 위해서 서쪽을 지키고 있소."

강효가 사운평을 바라보았다.

사운평이 어깨를 으쓱하며 고개를 끄덕였다.

강효의 시선이 다시 왕호문을 향했다.

"아무리 그렇다 해도 그대들의 뜻을 순순히 받아들이기가 힘들군."

"보아하니 썩 좋은 상황은 아닌 것 같소만."

강효의 주름진 이마에 하얗게 매달린 눈썹이 꿈틀거렸다.

"물론 좋은 건 아니지. 그렇다고 아주 나쁜 것도 아니다."

"지나친 요구는 하지 않을 거요. 우린 귀혼만 얻으면 되오."

삼비총에는 천화와 귀혼, 그리고 패왕의 무공이 묻혀 있다.

귀혼만 얻겠다는 건 패왕을 욕심내지 않겠다는 뜻.

"약속할 수 있느냐?"

"귀혼의 명예를 걸고 약속하겠소."

강효로서도 무작정 화해를 반대하고 싸울 수는 없었다.

자신들은 주요 고수들이 삼비총에 들어간 반면 귀혼의 무리에는 주요 간부들이 그대로 존재했다.

사실 귀혼이 강제로 억압한다 해도 항거할 힘이 없는 것이다.

"좋다. 그럼 너희가 서쪽과 북쪽을 맡아라. 너희들이 진심으로 도와준다면 궁주께서도 화해를 마다하진 않으실 거다."

第三章

싫어?

"우리가 길은 제대로 가고 있는 거요?"

"현재까지는 확실합니다."

"기관도 별 것 아닌 것 같은데, 계속 이렇게 느린 속도로 나아가야 하나?"

머리를 상투처럼 묶은 노인, 감진이 미간을 찌푸리며 말했다.

너무나 느린 전진 속도가 불만인 듯했다.

"어디에 어떤 기관이 있는지 모르는 이상은 어쩔 수 없습니다."

갈원은 차갑게 대답하고 바닥을 살펴보았다.

그곳까지 오는 동안 다섯 개의 기관을 해제시켰다.

오랜 세월이 흘렀는데도 다섯 개의 기관 중 네 개가 제대로 작동하고 있었다.

참으로 무서운 기관이었다.

아마 그가 해제시키지 않았다면 안으로 들어온 사람 중 태반은 죽었을지 모른다.

그럼에도 천화궁 간부들은 그 위험성을 아직 인지하지 못하고 있었다.

위험성을 인지하기는커녕 오히려 시간이 흐르면서 기관을 얕보는 경향마저 있었다.

그러다 보니 이제는 길을 재촉하는 말조차 서슴지 않고 해댔다.

'한번 맛을 보여줘?'

그런 마음이 굴뚝같았다.

하지만 자신까지 위험해지기 때문에 마음은 마음으로 그쳐야 했다.

그런데 뒤에서 조용히 서 있던 중년인 중 하나가 호기롭게 앞으로 나섰다.

"호법 어른, 제가 한 번 시험해 보겠습니다."

갈원이 흠칫하며 그를 말리려 했다.

그런데 감진이 고개를 끄덕이며 허락했다.

"그래 봐라."

갈원이 머뭇거리는 사이 중년인이 앞으로 이 장가량 나아갔다.

아무런 일도 일어나지 않았다.

"괜히 여기서 얼쩡거렸군."

감진이 갈원에게 들으라는 듯 한소리 했다.

중년인도 그 말에 고무된 듯 앞으로 더 나아갔다.

틱!

작은 소리가 어디선가 들렸다.

흠칫, 눈을 부릅뜬 갈원이 다급히 소리쳤다.

"멈추시오!"

삼 장 정도 나아가던 중년인이 고개를 돌렸다.

"아무 일도 없……."

바로 그 순간!

덜컹!

뭔가가 열리는 소리가 나더니 중년인의 몸이 밑으로 푹 꺼졌다.

대경한 중년인은 양손을 옆으로 뻗어서 바닥을 잡았다.

동시에 천장에서 창날이 벼락처럼 내리꽂혔다.

쉐에엑!

중년인은 한 손을 들어서 머리 위를 막았다.

그러나 내리꽂힌 창날은 다섯 개나 되었다.

떠덩!

두 개를 쳐내고 하나는 빗나갔지만, 나머지 두 개가 그의 어깨와 머리를 꿰뚫었다.

퍼벅!

"크억!"

중년인은 외마디 비명과 함께 밑으로 사라졌다.

그야말로 눈 깜짝할 순간에 고수 하나를 죽인 기관은 언제 무슨 일이 있었냐는 듯 제 상태로 돌아와서 고요해졌다.

그저 바닥에 떨어져 있는 두 자 길이 창 두 개만이 조금 전에 무슨 일이 벌어졌는지 말해 줄 뿐.

천화궁 사람들은 중년인이 사라진 곳을 멍하니 쳐다보았다.

특히 감진은 이를 악물고 자책감에 몸을 떨었다.

한순간의 자만으로 아까운 중견 고수 하나가 죽었다.

자신이 부추기지만 않았어도 죽지 않았을 사람이거늘.

"이, 이런 빌어먹을 일이……."

갈원이 그를 향해 냉랭히 말했다.

"제 말을 듣기 싫으면 마음대로 하십시오."

감진은 이를 악물고 그를 노려보았다. 그러나 입이 열 개라 해도 할 말이 없었다.

나종악이 상황을 수습했다.

"미안하게 되었소. 이제부터 갈 대협의 말에 토를 달지 않을 것이오."

바로 그때.

끼기기기기…….

무언가가 끌리는 소리와 함께 통로가 미미하게 흔들렸다.

사람들은 눈을 부릅뜨고 앞을 노려보았다.

마치 어둠 속 저편에서 누군가가 그들을 비웃는 듯했다.

갈원은 눈매를 꿈틀거리며 곤혹한 표정을 지었다.

'아무래도 느낌이 좋지 않아.'

*   *   *

신시 무렵.

우르르르릉.

삼비총 깊은 곳에서 나직한 울림이 일었다. 이번에는 전과 다르게 울림이 가라앉는 데까지 제법 오랜 시간이 걸렸다.

사운평은 신경을 곤두세우고 그 울림을 온몸으로 느꼈다.

무슨 일이 있는 걸까?

제대로 들어가고 있긴 한 걸까? 기관에 당한 사람은 없을까?

궁금증이 하늘 끝까지 도달해 있을 즈음 울림이 멈췄다.

기다렸다는 듯 사운평이 슬그머니 자리에서 일어났다.

"나와 연연이 주위를 순찰 돌고 올 테니까, 모두 운기나 열심히 하고 있어. 연연아, 가자."

이연연도 눈치를 보며 자리에서 일어났다.

천해문 사람들 누구도 사운평의 말을 믿지 않았다. 심지어 천화궁 제자들도 믿지 않았다.

순찰?

자진해서 순찰을 돈다는데 뭐라 할 사람은 없다.

그런데 하필이면 왜 두 사람이 가는 거야?

하지만 아무도 토를 달지 않았다.

분위기상 토를 달아서는 안 될 듯했다.

"나는? 나도 함께 가."

호우가 한마디 했다고 눈빛을 번뜩이는데, 철천지원수를 보는 듯했다.

"호우 형은 그냥 여기 있어."

그 눈빛이 어찌나 살벌한지 순진한 호우는 더 우기지도 못했다.

"어? 어."

그렇게 순찰(?)을 나선 사운평의 얼굴에는 함박웃음이 걸렸다.

얼마 만에 두 사람만의 시간인가.

두 사람은 삼비총을 빙 돌아서 계곡물이 흐르는 곳으로 갔다.

계곡물이 너무나 맑아서 깊은 곳에서 오가는 물고기의 지느러미 움직임까지 다 보였다.

바람에 떨어진 단풍잎은 물결을 따라 춤을 추며 흘러가고, 산들바람은 두 사람을 축복하는 듯 어루만지며 지나갔다.

"연연아, 싸움이 벌어진 것만 아니면 여기 경치도 정말 아름다운데 말이야. 그렇지?"

"예, 오빠. 정말 아름다워요."

"저 바위로 올라갈까? 저 위에서 보면 더 멋진 풍경이 보일 것 같은데."

사운평이 계곡의 소(沼) 건너편에 있는 커다란 바위를 가리켰다. 거리가 제법 멀었다.

"제 경공으로는 단숨에 저곳까지 갈 수 없어요."

사운평이 씩 웃었다.

그도 안다. 이연연의 능력으로 올라가기에는 조금 높다는 걸.

사실 그래서 그 바위에 올라가자고 했다.

"내가 업고 가지 뭐."

"오빠가 업고요?"

"어. 전에도 자주 업었잖아. 싫어?"

"싫은 건 아닌데······."

"사람들 때문에? 괜찮아. 여긴 우리밖에 없는데 뭐. 자, 업혀."

높은 바위 위로 올라가자는 이유는 그게 전부였다.

멋진 풍경?

그 까짓 거, 안 보여도 상관없었다.

"알았어요."

얼굴이 발개진 이연연은 사운평의 등으로 다가갔다.

그래, 전에는 자주 업혔잖아?

그 생각을 하니 부끄러움도 덜했다.

작년, 사운평의 등에 업혀서 도망칠 때 마음도 몸도 편했었다.

언제 위험이 닥칠지 모르는 지금, 그의 등에 업혀서 편안한 마음을 느껴보고 싶었다.

"자, 간다."

이연연을 업은 사운평은 한 마리 새가 되어서 몸을 날렸다.

아무런 무게도 느껴지지 않았다. 몸이 저절로 공중에 붕 뜬 듯했다.

등으로 전해지는 푹신한 느낌. 두 손에 느껴지는 부드러운 감촉. 숨결에서 느껴지는 은은한 복사꽃 향기.

지금 이 순간이 영원히 지속되면 얼마나 좋을까.

삼비총이야 어떻게 되든가 말든가 자신과 무슨 상관이야?

이연연은 사운평의 등에 찰싹 달라붙었다.

'아, 따뜻해.'

뺨을 등에 대자 거센 심장박동 소리가 귀청을 울린다.

너무나 편안하다.

날아가다가 떨어질지 모른다는 불안감 따위는 아예 떠오르지도 않았다.

반쯤 눈을 감은 그녀의 입가에 하얀 미소가 피어났다.

바위 위에 내려선 사운평은 계곡 아래쪽을 바라보았다.

멋진 단풍이 황홀할 정도로 물든 계곡은 생각했던 것보다 더욱 아름다웠다.

그러나 지금은 아무 것도 보이지 않았다. 그저 등에 있는 이연연만 머릿속에 가득할 뿐.

돈을 아무리 많이 벌어도, 명예가 아무리 높아져도 지금보다 더 행복할 수 있을까?

누가 묻는다면 자신 있게 대답할 수 있었다.

─아니! 그 까짓 걸로는 지금의 행복을 느낄 수 없어!

"오빠, 정말 멋져요."

이연연이 어깨 너머로 고개를 내밀고 말했다.

목소리가 귀 언저리에서 맴돈다.

옅은 숨결에 귓불이 간질거린다.

다시 심장이 거세게 뛰었다.

사운평은 알 수 없는 힘에 이끌려서 고개를 돌렸다.

이연연의 얼굴이 바로 앞에 있었다.

빤히 바라보는 맑은 눈망울이 어느 때보다 컸다.

순간, 두 사람의 입술이 스치듯 부딪치며 그 상태로 멈췄다.

거세게 뛰던 심장이 쿵! 소리와 함께 터져 버렸다.

"……!"

"……."

몸이 허공에 붕 떠있는 기분.

뇌전이 관통한 듯 짜릿한 느낌.

순간적으로 아무런 생각도 나지 않았다.

이연연이 움찔거리자, 사운평이 자신도 모르게 몸을 돌렸다. 그래 봐야 업고 있으니 함께 돌았지만.

그 순간, 그의 발이 옆으로 이동하면서 바위 한쪽의 젖은 이끼를 밟았다.

주욱!

어떻게 대처할 틈도 없었다.

이연연의 입에서 나는 복사꽃 향기 때문에 그럴 정신도 없었고.

"어?"

몸이 미끄러지는 것을 바로잡으려 했을 때는 중심이 완전히 무너진 상태에서 밑으로 떨어지고 있었다.

"어머!"

"꽉 잡아!"

그야말로 찰나 간에 벌어진 일이었다.

사운평이 아무리 천하에서 내로라하는 신법의 고수라 해도 당황하지 않을 수 없었다.

더구나 이연연의 무게는 마지막 노력조차 수포로 돌아가게 만들었다.

한손을 떼서 아래쪽의 물을 향해 장력을 날렸으나 속도만 약간 줄였을 뿐.

풍덩!

두 사람이 한 덩이가 되어서 소에 떨어졌다.

소의 깊이가 상당히 깊어서 바닥에 처박히는 상황을 면한 게 그나마 다행이었다.

허우적거리며 물 밖으로 머리를 내민 두 사람이 동시에 물었다.

"연연아, 괜찮아?"

"괜찮아요?"

"으으, 물이 겁나게 차다. 나가자."

물 밖으로 나온 두 사람은 비 맞은 강아지처럼 젖은 상대를 보고 웃음을 참지 못했다.

"크크, 크크크. 물에 젖으니까 볼만한데?"

"푸웃! 오빠는 어쩌구요."

"근데 바람까지 부니까 으슬으슬 춥다."

"저도 추워요."

"잠깐만 기다려."

사운평은 진기를 일으켜서 두 팔을 양쪽으로 휘둘렀다.

물기가 폭발하듯이 사방으로 튀었다.

마치 사운평의 몸이 폭발하는 듯했다.

그렇게 서너 번 더 물기를 털어낸 그는 이연연에게 손을 내밀었다.

"내 손을 잡아."

이연연이 손을 잡았다.

사운평은 자신의 진기를 이용해서 이연연의 젖은 옷에 스며있는 물기를 강제로 밀어냈다.

그런데 이연연은 옷이 젖는 바람에 굴곡진 몸매가 그대로 드러나 있었다.

본의 아니게 두어 번 만져본 적이 있는 가슴도 볼록 솟아 있었고.

'그때보다 더 커진 것 같은데?'

이연연은 사운평의 시선이 가슴에서 움직이지 않자 얼굴이 발그레하니 달아올랐다.

'오빠도 참……'

하지만 사운평의 진기 운용에 방해가 될까봐 아무런 말도 하지 않았다.

반 각쯤 지나자 옷이 거의 다 말랐다.

사운평이 이연연을 보고는 걱정스런 표정으로 말했다.

"많이 추운가 보네. 얼굴이 벌게졌는데?"

"몰라요."

이연연이 입술을 삐죽이고 눈을 돌렸다.

바보! 가슴을 빤히 보니까 얼굴이 빨개지지!

"머리도 새로 묶어야겠다. 엉망이야."

물에 빠졌으니 당연히 엉망일 수밖에.

이연연은 머리를 쓸어 올려서 다듬었다.

사운평의 눈에는 그 모습마저도 선녀처럼 아름다웠다.

"연연아, 내가 도와줄까?"

"괜찮아요."

"나도 여자들 머리 잘 묶어."

"정말요?"

"어. 전에 소하루의 누나들 머리를 내가 많이 묶어 줬거든."

"그럼 어디 해봐요."

사운평은 이연연의 뒤로 가서 먼저 그녀의 머리를 말끔하게 정리했다.

이연연이 바로 앞에 있으니 물에 빠지며 식었던 가슴이 다시 뜨거워졌다.

이대로 돌려서 한번 안아 볼까? 아니 이대로 안아 봐?

마음보다 몸이 먼저 반응했다.

그는 오른손으로 머리를 만지작거리며 왼손으로는 이연연의 어깨를 살며시 잡았다.

이연연이 가슴 앞에서 손가락을 꼼지락거리며 머리를 숙였다. 얼굴이 화끈화끈 달아올랐다.

사운평의 마음을 눈치챈 것이다.

"저기…… 연연아."

"예, 오빠."

사운평은 용기를 내서 그녀의 어깨를 슬그머니 잡아당겼다.

이연연의 몸이 자연스럽게 돌았다.

왠지 사운평이 잡아당기는 것보다 더 빠른 듯했다.

발그레한 얼굴, 고개를 드는 그녀의 눈빛은 촉촉하게 젖어 있었다.

"내가 한번 안아……."

그때였다.

"문주우우!"

사운평의 눈썹이 치켜 올라갔다.

'어떤 새끼가……!'

위쪽에서 인기척이 느껴졌다.

사운평은 홱 고개를 돌려서 경사진 면 위쪽을 바라보았다.

셋을 셀 즈음 북야진이 나타났다.

"어? 거기 있었군."

아래쪽을 내려다보던 그가 고개를 갸웃거리며 눈을 가늘게 떴다.

"그런데…… 순찰 돈다고 간 사람들이 거기서 뭐하는 거지?"

흐트러진 옷매무새, 엉망이 된 머리카락.

아무리 생각해도 이상했다.

"뭐하긴? 물에 빠진 바람에 머리가 엉망이 되어서 손질해 주는 것뿐이야!"

짜증내듯 내쏘는 대답이 더 수상하다.

사운평 같은 고수가 물에 빠졌다고? 그것도 둘이 함께?

그걸 누가 믿어?

'혹시 둘이 여기서……?'

북야진은 티끌만 한 증거도 놓치지 않겠다는 듯 샅샅이 살펴보았다.

오래 볼 것도 없었다. 이연연의 얼굴이 발그레했다.

'확실해. 하여간 엉큼하기는…….'

그 사이 이연연의 머리를 마저 묶어준 사운평이 신경질적으로 물었다.

"여기까지 무슨 일로 온 거야?"

"서쪽을 감시하던 귀혼문 사람들이 수상한 자들의 접근을 발견했네. 어떻게 할 거야? 하던 일을 마저 할 거면 나 먼저 가고?"

"다 묶었어!"

사운평은 그때까지도 북야진의 엉뚱한 생각을 읽지 못했다.

그러나 이연연은 북야진의 생각을 눈치채고 얼굴이 더욱 빨개졌다.

자신과 사운평이 이미 구름다리를 건넜다고 생각하나 보다.

'쳇, 이제 겨우 입술을 부딪쳤을 뿐인데…….'

＊　　　＊　　　＊

사운평과 이연연이 일행들 있는 곳에 도착했을 때였다.

휘익, 휘이이이익!

새소리와 비슷한 휘파람 소리가 두 번에 걸쳐서 길게 울렸다.

방향은 서쪽. 휘파람 소리에서 급박함이 느껴진다.

"모두 무기를 들고 각자의 위치를 지켜라!"

강효가 긴장한 표정으로 소리쳤다.

천화궁 제자들은 미리 정해진 방어진의 방위로 이동했다.

사운평과 천해문 사람들도 자리를 털고 일어났다.

"천의산장 놈들일까?"

북야진이 굳은 표정으로 물었다.

천의산장의 무서움을 한번 경험한 그는 소름이 돋을 정도로 긴장되었다.

"아닌 것 같아. 천의산장이라면 저쪽으로 돌아올 리가 없거든."

"그럼 또 다른 적이란 말인가?"

"그렇다고 봐야겠지. 아마 저들 말고도 또 다른 자들이 몰려올 거야."

사운평은 무시무시한 이야기를 아무렇지도 않게 했다.

그러고는 버럭 화를 냈다.

"빌어먹을 인간들. 뭐 먹을 게 있다고 몰려들어?"

투덜댄 사운평이 이연연을 바라보았다.

"연연이 너는 호우 형과 함께 안전한 곳으로 가 있어."

"알았어요, 오빠."

바로 그때.

"으아아악!"

처절한 비명이 메아리치며 길게 울렸다.

마침내 적의 공격이 시작되었나 보다.

'젠장, 다른 놈들이 지금 몰려오면 곤란해지는데……'

서쪽에서 나타난 자들은 신궁의 무사들이었다.

숫자는 이백여 명. 귀혼문의 배에 가까웠다.

그러나 귀혼문 무사들은 숲 속의 이점을 최대한 활용해서 신궁의 공격을 결사적으로 저지했다.

신궁도 숲 속으로 들어선 이후 십여 명이 순식간에 쓰러지자 함부로 전진하지 못했다.

팽팽한 긴장감이 감도는 숲 속에서는 찌르레기 소리조차 들리지 않았다.

나무에 내려앉으려던 새들도 인간들이 뿜어내는 살기에 화들짝 날아올라서 정신없이 도망쳤다.

"귀혼문 놈들이구나!"

신궁 쪽에서 누군가가 귀혼문의 정체를 눈치채고 소리쳤다.

귀혼문 쪽에서도 마주 외쳤다.

"구양신궁 놈들이 무슨 낯짝으로 이곳에 왔단 말이냐! 네놈들의 피로 선조의 영혼을 달래리라!"

살기가 충천한 숲 속은 바람조차 칼날처럼 예리했다.

바람이 스치고 지나갈 때마다 사람들이 움찔하며 숨을 멈췄다.

서걱!

살과 뼈가 잘려나가고 핏줄기가 뿜어진다.

"크억!"

억눌린 비명.

"죽엇!"

악에 바친 고함.

시간이 흐르면서 단풍으로 물든 숲 속이 더욱 붉게 변해갔다.

"귀혼문이 신궁의 공격을 막고 있습니다. 기주 어른."

천화궁 제자 하나가 달려와서 강효에게 보고했다.

"상황은?"

"밀리고 있습니다. 적의 숫자가 워낙 많아서……."

강효의 얼굴에 그늘이 졌다.

귀혼문마저 그들을 막지 못한다면 승산이 없다.

그는 고개를 돌려서 사운평 일행을 바라보았다.

때마침 어수룩해 보이는 호우라는 자의 목소리가 들렸다.

"점심은 안 먹어?"

맥이 쭉 빠졌다.

저들이 과연 신궁을 막아낼 수 있을까?

어림도 없다.

강하다 하나 겨우 아홉 명. 그나마도 어수룩한 장한과 여아를 빼면 일곱에 불과하다.

강효는 시선을 돌려서 천화궁 제자들을 둘러보았다.

"모두 잘 들어라. 우리의 시신으로 통로를 막는 한이 있어도 살아서는 적을 안으로 들여보내선 안 된다. 죽음을 두려워하지 말고 한 놈이라도 더 죽여라!"

"우리는 죽음이 두렵지 않습니다, 기주!"

"죽더라도 적과 함께 죽겠습니다!"

천화궁 제자들이 비분에 찬 표정으로 소리쳤다.

죽음을 초월한 그들의 눈빛에서 그 어느 때보다 뜨거운 불길이 쏟아졌다.

사운평은 천화궁 제자들의 외침을 듣고 왠지 모르게 가슴이 찡했다.

자신은 의협을 추구하는 사람이 아니다.

살수가 되려다 만 살천류의 제자가 의협은 무슨!

하지만 진심을 외면할 만큼 무정한 사람 또한 되지 못했다.

"제길, 몰래 도망치기는 틀렸군. 나는 마음이 여려서 탈이라니까."

조연홍이 투덜거리는 사운평을 힐끔거렸다.

"대형, 그럼 우리도 죽을 때까지 싸워야 합니까?"

"누가 죽을 때까지 싸우래?"

"그럼요?"

"일단 도와주긴 해야겠지만, 정 안 되겠으면 물러서야지. 우리에겐 다른 임무가 있잖아."

"안에 들어가 있는 갈 대협은요?"

"바로 나오진 못할 테니까 상황을 봐서 구해야지."

"신궁도 함부로 들어가진 못할 거네. 저 안의 무서움을 누구보다 잘 알 테니까."

위지강의 말에 사운평이 고개를 끄덕였다.

"소강의 말이 맞아. 그러니 여차하면 물러섰다가 구출할 방법을 찾는 게 나아."

*　　*　　*

귀혼문과 신궁의 혈전은 시간이 갈수록 치열해졌다.

신궁의 궁주인 상관종산의 동생이자 부궁주인 상관창은 이를 갈았다.

"정말 지독한 놈들이군."

"숲은 놈들에게 유리한 지형입니다. 일부 무사를 우회시켜서 공격하는 게 좋겠습니다, 부궁주."

기소명의 말에 상관창의 눈매가 꿈틀거렸다.

자존심이 강한 그는 정면 대결을 선호했다. 더구나 상대는 자신들보다 숫자도 훨씬 적었다.

숫자도 적은 자들을 상대하면서 계책을 써야 한다는 게 마음에 안들었다.

그러나 일각이 지나도록 숲을 통과하지도 못하고 피해만 커지자 그도 어쩔 수 없었다.

"그대 생각대로 시행하라."

"예, 부궁주!"

상관창의 명령이 떨어지자 기소명은 즉시 전령 둘을 앞으로 보냈다.

얼마 지나지 않아서 각기 삼십 명의 무사가 좌우로 흩어졌다.

그때부터 혈전은 새로운 국면으로 접어들었다.

왕호문도 적의 변화를 눈치채고 이를 악물었다.

'우회해서 허리를 치겠다? 흥! 네놈들 뜻대로 되지 않을 것이다!'

그는 즉시 왕호량에게 명령을 내렸다.

"호량, 네가 십이귀혼을 데리고 우측으로 우회하는 놈들을 쳐라. 좌측은 내가 맡으마."

"예, 형님!"

하지만 왕호문은 또 다른 한 무리가 혈전이 벌어지고 있는 곳으로 접근하고 있다는 사실을 알지 못했다.

第四章

몰려드는 군웅(群雄)들

사운평의 예감은 빌어먹게도 잘 들어맞았다.

"적이다! 적이 남쪽에서도 몰려온다!"

남쪽을 감시하던 천화궁 제자가 소리쳤다.

모두들 긴장한 표정으로 남쪽을 바라보았다.

사운평은 자신의 예감이 정확히 들어맞자 은근히 짜증이 났다.

몰려오는 자들은 역시나 천의산장 놈들이었다. 낙양에 있던 자들이 모조리 몰려온 듯했다.

'제기랄, 이럴 때는 틀려도 괜찮은데…….'

그때 천의산장 무리 중 아는 얼굴이 보였다.

'어? 저 자식도 왔네?'

공손건이 보였다. 그리고 등초력도.

천의산장 사람들은 칠팔 장 떨어진 곳에서 걸음을 멈췄다.

부채꼴로 천화궁 제자들을 포위한 그들은 차가운 눈빛을 번뜩이며 무기를 뽑았다.

"역시 네놈도 있었구나!"

공손건이 사운평을 발견하고 소리쳤다.

사운평도 턱을 치켜들었다.

"불쌍해서 그냥 보내 줬더니 아직도 정신을 못 차렸군."

"이 죽일 놈이!"

그때 고경양이 소리쳤다.

"소공, 그가 바로 염 장로를 죽인 자네!"

오면서 염치상이 죽었다는 말을 들었다. 젊은 놈에게 죽었다는 말을 듣고 혹시나 했는데, 역시나 생각대로였다.

"오늘 네놈만큼은 반드시 죽여서 머리를 잘라 가야겠다."

공손건이 활활 타오르는 눈빛으로 노려보며 이를 갈았다.

그러나 사운평은 어디서 개가 짖느냐는 듯 공손건은 신경도 쓰지 않고 금우경의 자존심을 건드렸다.

"보아하니 나름대로 이름 좀 있는 사람들 같은데, 머릿수로 누르려 하다니, 부끄럽지도 않수?"

"흥! 걱정 마라. 합공을 하진 않을 거니까."

등초력이 그 말을 듣고 이마를 찌푸렸다.

'저 교활한 놈의 술수에 넘어갔군.'

이곳에서 사운평을 일대일로 이길 수 있는 사람은 아무도 없다.

금우경 역시 마찬가지다. 그는 자신과 비슷한 실력이니까.

그럼에도 그는 금우경을 말리지 않았다.

천의산장 쪽 고수가 사운평에게 당한다 해도 자신에게는 아무런 손해가 없는 것이다.

사운평은 이마를 찌푸린 등초력을 보고 입술 끝을 비틀었다.

'자신이 밀렸다는 걸 말하지 않았나 보군.'

그러니까 저리 자신만만하게 말하는 거겠지.

"어디 정말로 그러는지 한번 봐야겠군요. 그 말을 어기고 합공을 하면 개·자·식이 되는 겁니다."

냉정하던 금우경의 눈에 힘이 들어갔다.

말 한마디 한마디가 묘하게 신경을 건드리는 놈이었다.

"검종의 이름을 걸고 약속하지."

"검종? 당신이 검종 금우경이란 말입니까? 아니 검종이나 되는 분이 이곳에는 무슨 일로 온 겁니까? 설마 무덤 속의 보물을 탐내서 온건 아니겠죠?"

"무덤 속의 물건 따위는 관심 없다. 우리가 원하는 것은 바로 저자들이니까. 그리고 네놈까지."

"원주님, 시간 끌 거 없이 정리하시지요."

공손건이 서둘렀다.

그는 한시라도 빨리 사운평을 죽인 후 이연연을 찾고 싶었다.

"알았네. 시작해라!"

부채꼴로 포위하고 있던 천의산장 무사들 중 삼십여 명이 나섰다.

금우경이 합공을 하지 않겠다고 말했으니 천화궁 제자들보다 더 많은 인원이 나설 수도 없었다.

물론 그렇게 하고도 이길 자신이 있었기에 토를 달지도 않았다.

'휴우, 다행이군.'

사운평은 내심 안도했다.

앞뒤 가리지 않고 공격했다면 도망가는 일도 쉽지 않았을 텐데, 그나마 다행이었다.

단숨에 거리를 좁힌 천의산장 무사들은 여유 있는 표정으로 천화궁 제자들을 공격했다.

천화궁 제자들은 얼굴이 잔뜩 굳은 채 전면을 노려보았다.

강효가 앞에 서고 스물일곱 명이 세 명씩 짝을 이루어서 구궁진을 형성했다.

오직 삼비총의 입구만 봉쇄하겠다는 뜻.

모두가 죽는 한이 있어도 최후까지 싸우겠다는 각오가 담긴 표정이었다.

"놈들을 막아라!"

강효가 악을 쓰듯 소리쳤다.

천화궁 제자들은 진세를 유지한 채 방어에 치중했다.

개개인의 실력은 떨어졌지만 진세의 힘을 빌어서 쉽게 흔들리지 않았다.

공손건은 천화궁 제자들의 진세를 간파하고 냉랭히 소리쳤다.

"놈들이 구궁진을 펼치고 있습니다! 곤(坤)의 자리 생문(生門)과 손(巽)의 자리 개문(開門)을 공격하십시오!"

천의산장 무사 중 일부가 남서쪽과 동남쪽을 집중적으로 공격했다.

몇 수 지나지도 않아서 처절한 비명이 터져 나왔다.

"으아악!"

손의 자리를 지키던 천화궁 제자 둘이 피를 뿌리며 쓰러졌다.

집의 기둥 한쪽이 부러진 것처럼 구궁진의 진세가 크게 흔들렸다.

"동남쪽은 우리가 맡죠!"

사운평이 소리치며 동남쪽으로 몸을 날렸다.

궁탁과 북야진 남매, 위지강, 조연홍, 예리상도 뒤따라갔다.

그들이 합세하자 싸움의 양상이 달라졌다.

개개인의 실력을 따져도 밀리지 않았다. 두어 명을 제외하면 오히려 사운평 등이 강했다.

쩌저저정! 쉬아악!

사운평의 열두 줄기 도기가 대기를 찢어발겼다.

"크억!"

"이, 이놈들이! 헉!"

염치상을 죽인 사운평이다.

그가 작정을 하고 펼친 도세는 가공할 위력을 발휘했다.

절정 고수조차 제대로 막지 못하고 기겁해서 뒤로 물러섰다.

"자네들이 저쪽을 도와주게!"

금우경이 옆을 향해 소리쳤다.

우측에 서 있던 자들 중 다섯이 신형을 날렸다.

유유히 칠 장을 날아간 그들은 곧장 사운평 일행을 공격했다.

사운평 일행이 강하다 하나 숫자에서 워낙 열세였다.

더구나 천의산장 사람들 중에는 절정 경지에 이른 고수가 다수였다. 그들이 합세하자 사운평을 제외하고는 일대일로도 승부가 쉽게 나지 않았다.

쩌저적!

"크흡!"

사운평은 한 사람을 더 쓰러뜨리고 재빨리 상황을 살펴보았다.

잠깐 사이 천화궁 제자 중 대여섯이 더 쓰러졌다.

이제 남은 자는 이십여 명에 불과했다.

상대가 합공을 하지 않는다 해도 오래 버틸 수 없는 상황.

더구나 천해문 사람들도 부상이 점점 심해지고 있었다. 특히 조연홍과 예리성, 위지강은 겨우겨우 상대의 공격을 막아내고 있는데 무척 위태로웠다.

'빌어먹을! 시간을 끌면 도망가기도 힘들어지겠어.'

자신이야 어떻게든 빠져나갈 자신이 있었다.

문제는 이연연이었다. 그녀를 빼내려면 서둘러야 했다.

결심을 굳힌 그가 삼비총 입구 쪽을 향해 짧게 소리쳤다.

"호우 형! 나와서 뒤로 도망쳐!"

어두컴컴한 통로 안쪽에서 호우가 모습을 드러냈다. 이연연은 그의 뒤에 서 있었다.

공손건이 두 사람을 보고 눈을 부릅떴다.

"어딜 도망치려는 거냐! 이연연을 막으시오!"

천호령 무사들에게 명령을 내린 그는 본인도 호우와 이연연 쪽으로 향했다.

사운평이 땅을 박차고 날아가며 일행들에게 소리쳤다.

"대충 상대하고 빠져나가!"

"흥! 너는 내가 상대해 주마!"

천의산장 무리 중 하나가 구름을 밟고 걷듯이 부드러운 신법으로 몸을 날려서 사운평의 앞을 막아섰다.

사운평은 속도를 줄이지 않고 날아가던 그대로 칼을 휘둘렀다.

앞을 막아선 자는 쉰 살 정도의 중년인이었다. 그는 면이 넓은 검을 들어서 허공을 열십자로 가르며 사운평의 공격에 맞섰다.

쩌저저정!

사운평의 도세에는 겉보기보다 훨씬 더 막강한 기운이 담겨 있었다.

염치상이 당했던 것도, 다른 절정 고수들이 그를 상대하며 어려움을 겪었던 것도 그 사실을 간과했기 때문이었다.

중년인도 부딪쳐 본 다음에야 그 사실을 알고 얼굴이 굳어졌다.

"대단하구나!"

"그 정도로 감탄하면 안 되지!"

사운평은 손목을 뒤집어서 칼을 쳐올리며 찰나에 세 번의 변화를 일으켰다.

도기가 폭발하듯이 전면으로 퍼졌다.

중년인은 다급히 검으로 원을 그리며 사운평의 도세를 해소시켰다.

쩌러렁! 떠덩!

맑은 쇳소리와 충돌음이 동시에 울렸다. 맑은 쇳소리는 검병에 매달린 검은빛 철환에서 나는 소리였다.

뒤늦게 그 철환을 발견한 사운평의 눈이 가늘어졌다.

"철환신검 석군청?"

"오냐, 내가 석군청이다."

"혹시 우문호라는 사람 아쇼? 귀하와 함께 천의산장으로 갔다던데."

"그렇다."

"그는 오지 않았수?"

"우문 형 없이도 너 정도는 충분히 상대할 수 있느니라."

격돌의 충격으로 안색이 창백해진 석군청이 검을 중단으로 들었다.

그의 검첨에서 푸르스름한 검기가 아지랑이처럼 피어났다.

사운평도 시간을 끌 마음이 없었다.

우문호가 천의산장에 있다는 것을 알아낸 것만 해도 어딘가?

"어디 막아보시지!"

일갈을 내지른 그는 석군청을 향해 쇄도했다.

한편, 천호령 무사들이 앞을 막아서자 호우가 도끼를 불끈 쥐고 버럭 소리쳤다.

"비켜!"

천호령 무사들은 비켜 주는 대신 공격에 나섰다.

바로 그때, 호우의 옷자락이 폭풍과 마주한 듯 거세게 펄럭거렸다.

"연연이를 해치려는 놈은…… 다 죽.인.다!"

화아아악!

부릅뜬 호안에서 묵광이 일렁였다.

머리카락이 사방으로 뻗친 그는 더 이상 조금 전의 어수룩한 호우가 아니었다.

천호령도 들은 바가 있기에 호우를 무시하지 않고 처음부터 셋이 합공했다. 그리고 나머지 다섯은 이연연의 퇴로를 막았다.

사운평은 석군청을 몰아붙여서 뒤로 물러서게 해놓고 이연연 쪽으로 몸을 날렸다.

천호령 중 하나가 재빨리 돌아서서 검을 뻗었다.

그 순간, 사운평의 칼이 허공을 가르며 벼락처럼 떨어졌다.

석군청조차 막기 힘든 그의 칼을 어찌 천호령 따위가 막을 것인가.

쾅! 쩡!

천호령의 검을 두 동강 낸 칼은 천호령의 팔마저 잘라버렸다.

"크억!"

검과 팔이 잘린 천호령은 비명과 함께 뒤로 나뒹굴었다.

사운평은 단 일 수로 천호령 하나를 제거하고 또 다른 먹이를 향해 움직였다.

유령 같은 그의 신법은 눈으로 보고도 진체와 허상을 구분하기가 힘들었다.

"헉! 크억!"

두어 수만에 또다시 천호령 하나가 무너졌다.

그뿐이 아니었다.

호우의 도끼질에 천호령 둘이 몸이 갈라진 채 쓰러졌다.

그토록 냉정하던 천호령들의 얼굴에 두려움이라는 감정이 떠올랐다.

그때 사운평이 칼을 뻗어서 공손건을 가리켰다.

"공손건, 이번에는 네 차례다!"

공손건은 자신도 모르게 움찔하며 뒤로 한 걸음 물러섰다.

뒤늦게 자신이 나약함을 보였다는 사실을 깨달은 그는 얼굴이 벌게졌다.

"이 거지같은 놈이……!"

"물러서게."

금우경이 한쪽에 내려서며 공손건의 공격을 말렸다.

그러나 자존심이 상한 공손건은 쉽게 물러서지 않았다.

"이딴 놈 하나 처리하는데 원주께서 나설 필요가 있겠습니까?"

"너희들만으로는 저자를 이길 수 없다."

한발 늦게 도착한 등초력이 무심한 목소리로 말했다.

공손건의 눈이 그를 향했다.

"무슨 말씀이십니까? 등 숙께선 저놈을 너무 높게 보시는군요."

등초력의 칼날처럼 뻗은 눈썹이 꿈틀거렸다.

힘이 들어간 그의 입술 사이로 몇 마디가 짓씹혀서 흘러 나왔다.

"나도…… 그를 이기지 못한다."

그 말에 가장 놀란 사람은 금우경이었다.

등초력의 무위를 잘 아는 그에게는 경악할 말이 아닐 수 없었다.

"저자가 정말 그렇게 강한가?"

등초력은 입을 꾹 닫은 채 무겁게 고개를 끄덕였다.

반면 사운평은 금우경과 등초력까지 나서서 퇴로를 막자 마음이 조급해졌다.

그나마 궁탁과 북야진 남매 등이 바로 뒤까지 쫓아온 게 다행이었다.

"연연아! 내 뒤에 바짝 붙어 있어! 호우 형은 저쪽을 뚫어!"

"알았어!"

호우가 힘차게 대답하고 한쪽을 막고 있는 천호령들을 향해 달려들었다.

"비켜! 돼지 같은 놈들아!"

"궁 형과 북야 형은 저쪽을 치고!"

궁탁과 북야진, 북야설도 퇴로를 막고 있는 천의산장 고수들을 공격했다.

그때였다.

사운평이 도주로로 택한 동쪽 능선 위에 사람들이 나타나기 시작했다.

처음에는 십여 명 정도 보였는데, 다섯을 세기도 전에 수십 명으로 늘어났다.

그들을 본 사운평의 눈이 휘둥그레졌다.

"저것들은 또 뭐지?"

대답이라도 하듯 능선에 나타난 자들이 아래쪽을 향해서 몸을 날렸다.

"아미타불!"

"원시천존! 모두 싸움을 멈추시오!"

불호와 도호를 외치며 내려오는 자들 중에는 승복을 입은 승려, 도복을 입은 도사가 절반쯤 섞여 있었다.

'무림맹?'

아무래도 최근에 결성되었다는 무림맹 사람들인 듯했다.

그들이 좋은 뜻으로 오진 않았을 터. 동쪽마저 완전히 막혀 버리자 사운평의 얼굴이 일그러졌다.

"빌어먹을! 뭐 먹을 것이 있다고 다 몰려오는 거야?"

무림맹 고수들이 나타나자 싸움이 점점 잦아들었다.

천해문 사람들도 일단 뒤로 물러나서 상황을 주시했다.

"덤벼! 돼지 같은 놈들아!"

호우만이 악을 쓰며 도끼를 휘두르고 있을 뿐.

그때 눈알을 굴려서 구멍을 찾던 사운평의 눈빛이 순간적으로 반짝였다.

'지미, 한번 모험을 해봐?'

천의산장의 포위망도 뚫기가 힘든 판에 무림맹까지 가세했다.

포위망을 뚫고 빠져나갈 수 있는 가능성이 얼마나 될까?

십 할? 오 할?

더구나 연연이를 무사히 데리고 나가려면 확률은 더욱 떨어지겠지.

그렇다면 차라리 다른 방법을 택하는 게 나을 듯했다.

'그래, 죽으면 한 번 죽지 두 번 죽나?'

결심을 굳힌 그가 이연연에게 전음을 보냈다.

『연연아, 다시 통로로 들어가.』

이연연은 사운평의 말에 일절 토를 달지 않고 즉시 달렸다.

오빠가 그런 말을 했을 때는 그만한 이유가 있을 테니까.

통로까지는 십 장이 채 안 되었다. 그 사이에는 천화궁 제자들만이 있을 뿐.

무림맹이 나타나면서 싸움은 거의 멎은 상태. 이연연이 통로 쪽으로 다시 돌아가는데도 천의산장 사람들은 대부분 신경 쓰지 않았다.

사실 이연연에 대해서 신경을 쓰는 사람은 공손건밖에 없었다.

사운평은 천해문의 나머지 사람들에게도 전음을 보냈다. 입술이 일절 움직임을 보이지 않는데도 그의 목소리가 일곱 사람의 귀로 전해졌다.

전음을 듣는 동안 천해문 사람들의 눈빛이 흔들렸다.

그러나 전음이 끝나자마자 한사람도 빠짐없이 통로를 향해 몸을 날렸다.

씩씩거리며 도끼를 휘두르고 있던 호우도 멧돼지처럼 달려갔고.

사운평은 그들이 물러선 후에야 뒤로 주욱 미끄러졌다.

느긋하던 공손건은 그제야 의아한 마음이 들었다.

이연연을 잡지 못한 게 아쉽긴 했지만, 어차피 잡는 것은 시간문제였다.

운평이란 놈도 독안에 든 쥐였고.

그런데도 왠지 찜찜했다.

"통로에서 마지막까지 버티려나 보군. 어리석은 놈들."

금우경이 조소를 지었다.

그런데 등초력이 이마를 잔뜩 찌푸리고 말했다.

"물과 식량이 있다면 놈을 잡는데 상당한 시간이 걸릴 거요."

"그래 봐야 빠져나갈 곳도 없는데……."

금우경의 말을 듣던 공손건의 눈이 커졌다.

'빠져나갈 곳이 없다?'

아니다. 가능성이 무척 희박하긴 하지만 빠져나갈 길이 전혀 없는 것은 아니다.

"혹시……?"

"왜 그런가?"

금우경이 의아한 표정으로 물었다.

공손건이 다급히 소리쳤다.

"놈이 안으로 들어가려나 봅니다!"

"안으로 들어가 봐야 죽기밖에 더하겠나?"

"만약 밖으로 통하는 비밀 통로를 찾아내기라도 한다면 놓칠지 모릅니다."

하지만 그들은 통로 쪽으로 가기보다 뒤를 더 걱정해야 했다.

어느새 무림맹 사람들이 십여 장 근처까지 접근해 있었다.

"아미타불. 빈승은 소림의 백양이라 하외다."

수염이 하얀 승려 하나가 앞으로 나서며 자신의 신분을 밝혔다.

백양대사. 소림사의 스물여섯 장로 중 한 사람. 그는 이번 일의 책임자인 정검령주이기도 했다.

"천의산장의 금우경이라 하오. 백양대사께서 어인 일이시오?"

"허어, 검종 금 시주도 오셨을 줄은 몰랐구려. 우리는 어느 못 되먹은 자가 무덤을 도굴하려 한다는 소식을 듣고 망자의 혼을 욕되게 하는 일을 막고자 왔소이다."

'흥! 그게 아니라 무덤 속에 보물이 있는 줄 알고 왔겠지.'

금우종은 내심 코웃음 쳤지만 겉으로는 웃음을 지었다.

"과연 소림의 선승다운 말씀이오. 우리 역시 수상한 자들이 무덤을 파헤친다는 말을 듣고 왔소이다. 그렇다면 함께 저 사악한 자들을 물리치는 게 어떻겠소?"

"금 시주의 뜻이 그러하다면 어찌 마다하겠소이까? 아미타불."

"왜 되돌아 왔는가?"

사운평 일행이 통로로 되돌아오자 강효가 곤혹스런 표정으로 물었다.

사운평 일행 중 몇 명 정도는 탈출할 수 있을 듯 보였다.

그런데 왜 돌아온 걸까?

함께 죽자는 건 아닐 텐데.

"차라리 안으로 들어가서 놈들을 상대하는 게 나을 것 같습니다. 운이 좋으면 밖으로 나가는 다른 통로를 발견할 수 있을지도 모르죠."

사운평의 말에 강효의 눈빛이 잘게 흔들렸다.

자신들이 목숨을 내놓고 입구를 지키는 이유는 오직 하나, 누구도

몰려드는 군웅(群雄)들 111

들여보내지 않겠다는 뜻이 아니던가.

하지만 곧 그는 쓴웃음을 지으며 길을 터주었다.

"알았네. 들어가게. 비록 잠시뿐이지만 우리가 저들을 막겠네."

죽음을 각오한 눈빛.

사운평은 착잡한 표정으로 강효를 바라보며 포권을 취했다.

"우리가 살아난다면 오늘 흘린 피에 대한 빚은 철저히 갚아드리죠."

"그래주면 고맙지. 그런데 청부금을 줄 수 없어 미안하군."

"저기 있는 것이면 충분합니다."

통로 한쪽에 가죽으로 된 물통과 마른 음식이 든 보따리가 몇 개 있었다. 기름이 든 초롱도 서너 개 있었고.

"생각보다 싸군."

강효가 피식 웃으며 말했다.

삶을 포기한 그의 표정은 조금 전보다 더 편안하게 보였다.

사운평은 입술만 살짝 비틀어서 마주 웃어주고는 몸을 돌렸다.

"음식 보따리 세 개, 물통 두 개, 초롱 두 개만 챙겨."

식량과 물과 초롱을 챙긴 천해문 사람들은 통로 안쪽을 향해 걸었다.

어둠 속을 향해 걷는 그들의 표정은 비장했다.

차라리 싸워서 포위망을 뚫는 게 더 나을지도 몰랐다.

그런데도 누구 하나 발길을 돌리지 않았다.

사운평이 전음을 보낼 때 말했다.

천하제일의 점쟁이인 백원양이 그러더군. 내가 아주, 아주 오래 살 거라고. 그렇다면 삼비총 안으로 들어가도 살아서 나올 수 있다는 말 아니겠어? 결정은 본인이 각자 알아서 내려. 뭐라고 안할 테니까.

살아서 나온다?

그 말인 즉 무덤 안에 또 다른 통로가 있을지 모른다는 뜻이 아닌가 말이다.

물론 백원양의 말이 틀릴 수도 있었다.

아무리 뛰어난 점쟁이도 틀릴 때가 많으니까.

그런데 이상하게도 사운평은 정말로 오래 살 것 같았다.

'원래 문주 같은 사람이 오래 사는 법이지.'

'아마 염라대왕도 귀찮아 할 거야.'

'가만? 갈 대협에게 뭘 자꾸 물어보던데, 혹시⋯⋯?'

＊　　　＊　　　＊

사운평이 일행과 함께 통로의 어둠속으로 사라지던 그때.

서쪽에서 신궁을 막고 있던 귀혼문 무사들이 후퇴하며 삼비총으로 달려왔다.

천화궁 제자들을 마저 제거하려던 천의산장과 무림맹 쪽 사람들은 그들의 등장에 바짝 긴장했다.

그때 귀혼문 무사들의 뒤쪽에서 일단의 무리가 나타났다.

등초력이 그들을 알아보고 반색했다.

"본 궁의 무사들이군."

"그들을 상대하지 말고 물러서게!"

등초력의 말을 들은 금우경이 서쪽을 막고 있던 천의산장 사람들에게 소리쳤다.

천화궁 쪽은 전멸 직전이다.

중상자는 동료에게도 짐이 되는 법. 그들과 합류하게 한 후 포위해서 공격하는 게 나았다.

강효는 귀혼문 무사들을 보고 이마를 찌푸렸다.

숫자가 오십 명도 되지 않았다. 절반 정도로 줄어든 듯했다.

반면 신궁 무사들의 숫자는 들었던 것보다 훨씬 많았다.

"어떻게 된 건가?"

그가 소리쳐 묻자 왕호문이 일그러진 얼굴로 대답했다.

"은명곡 놈들이 나타났습니다!"

겨우겨우 신궁의 공격을 막고 있던 귀혼문으로서는 강력한 적이 하나 더 출현하자 달리 피할 곳도 없었다.

뒤가 터진 삼비총 쪽으로 물러서는 수밖에.

그런데 빌어먹게도 삼비총 쪽은 상황이 더욱 좋지 않았다.

더구나 사운평과 그 일행도 어디로 갔는지 보이지 않았다.

"천해문주는 어디로 갔습니까?"

"안으로 들어갔네."

"예? 그들이 삼비총에 들어갔단 말입니까?"

"어쩌면 그게 더 살 수 있는 확률이 높을지도 모르지."

"그건 그렇습니다만……."

"우린 이곳에서 죽을 거네. 자네들은 어떻게 할 건가? 안으로 들어가고 싶으면 지금 들어가게. 막지 않을 테니까."

생각지도 못했던 말에 왕호문의 눈빛이 흔들렸다.

강효를 바라보던 그는 천천히 고개를 끄덕였다.

"좋습니다. 저희도 들어가지요."

"조금 들어가면 식량과 물, 기름이 든 초롱이 남아있을 거네. 그걸 갖고 가게."

왕호문이 강효를 향해 포권을 취했다.

"나중에 저승에서 뵈면 정식으로 인사드리겠습니다."

강효가 희미한 미소를 지었다.

"기분 좋게 죽을 수 있겠군."

*　　　*　　　*

사운평 일행 중 기관과 기문진에 가장 정통한 사람은 조연홍이었다.

비록 지금은 사운평의 조수로 전락했지만, 누가 뭐래도 당대 제일 도둑의 제자가 아닌가?

그가 선두에 서서 일행을 이끌었다.

초롱불빛에 비친 통로는 음산함으로 검게 물들어 있었다.

저벅, 저벅, 저벅…….

나직이 들리는 발자국 소리는 으스스했고, 간간이 보이는 백골은 사람들의 긴장감을 머리끝까지 끌어올렸다.

"앞서 간 사람들이 기관을 만났다면 조치를 취하지 않았을까?"

천천히 걷는 게 답답한지 북야진이 넌지시 말했다.

조연홍도 그 사실을 모르지 않았다.

"그럴지도 모르죠. 하지만 잠깐 멈추게만 했다면 다시 작동할 수도 있습니다."

"기관이란 것이 그렇게 무서운가?"

"시험해 보고 싶으세요?"

"아니, 꼭 그런 것은 아닌데……."

"삼룡을 궁지로 몰아넣었던 삼비의 주요 고수들이 이곳에서 한 사람도 살아나오지 못했죠. 설마 그들이 북야 형님보다 무공이 약해서 죽었을 거라고 생각하는 건 아니겠죠?"

조연홍이 북야진을 흘겨보며 반문했다.

북야진도 그 말에는 마땅히 대꾸할 말이 없었다.

대신 사운평이 고개를 끄덕이며 짧게 말했다.

"연홍이 말이 맞아. 죽고 나서 후회하지 말고 하라는 대로 해."

사실 그도 답답했다. 그래서 물어볼까 했다. 그런데 먼저 안 물어보길 진짜 잘한 듯했다.

말했으면 조연홍의 저 시건방진 눈빛을 자신이 대신 받았을 것 아닌가?

"연홍, 신경 쓰지 말고 계속 가."

"예, 대형."

조연홍이 다시 걸음을 옮겼다. 왠지 아쉬워하는 표정이었다.

세 번째 구비를 돌아가자 밑으로 내려가는 계단이 나왔다.

조연홍은 그 계단 아래쪽의 위험을 본능적으로 느끼고 숨을 내쉬었다.

"후우, 드디어 본격적으로 시작되는군요."

일 장 정도 뒤에 서 있던 사운평은 눈을 가늘게 좁혔다.

'갈원이 말한 곳이 이곳인가?'

머릿속에서 금판의 그림 하나가 선명하게 떠올랐다.

갈원이 그 금판의 한쪽을 가리키며 말했었다.

　　"어쩌면 이곳부터 지옥의 입구가 시작될지 모르네."

그 말을 할 때 갈원의 표정에는 호승심과 두려움, 모험을 앞둔 어린아이나 가질 법한 들뜬 마음이 범벅되어 있었다.

'갈원이 삼비총 이야기를 듣고도 청부를 마다하지 않은 이유를 조금은 알 것 같군.'

갈원은 기관과 기문진에 평생을 바친 사람이다.

그러니 살아서는 아무도 들어가 보지 못한 미지의 세계에 대해서 강한 유혹을 느꼈을 가능성이 컸다.

죽음밖에 없는 기관과 승부를 겨루고 싶다는 욕망이랄까?

'하여간 세상에는 제정신 아닌 사람이 많다니까.'

그때 통로 저편에서 소란스런 소리가 들렸다. 누군가가 안으로 들어오는 듯했다.

'이제 뚫렸나?'

사운평의 눈빛이 깊게 가라앉았다.

귀혼문 무사들이 후퇴한 것을 모르는 그로선 강효와 천화궁 제자들의 죽음을 먼저 떠올릴 수밖에 없었다.

"내려가자, 연홍."

"조심해서 따라오십쇼."

조연홍이 나직이 말하고 천천히 계단을 내려가기 시작했다.

그 뒤를 사운평과 북야진 남매가 따라갔다.

사운평은 으스스한 느낌을 털어내려고 억지로 말을 했다.

"호우 형이 연연이 뒤를 맡아. 그리고 연연이는 나와 호우 형 사이에서 벗어나지 마."

"알았어요, 오빠."

계단은 모두 열세 개였다.

궁탁이 마지막으로 내려갔을 때 선두인 조연홍은 삼 장 정도 앞서 가고 있었다.

그런데 후미의 궁탁이 지하 통로에서 두 번째 구비를 돌았을 때였다.

"잠깐!"

조연홍이 걸음을 멈추고 손을 들었다.

사운평 등은 말 잘 듣는 아이처럼 우뚝 멈춰 섰다.

한쪽 무릎을 꿇다시피 하고 허리를 숙인 조연홍이 초롱불을 높이 들고 앞을 비추었다.

바닥에는 네모난 형태의 석판이 바둑판처럼 깔려 있었다.

조연홍은 그 석판을 조심스럽게 만지며 그 자세 그대로 한 걸음, 한 걸음 전진했다.

통로 앞쪽 여기저기에 백골이 널려 있었다. 언뜻 보이는 것만 해도 다섯 구는 될 듯했다.

무공이 약한 자는 여기까지 들어오지도 못했을 터, 적어도 일류 고수는 된다고 봐야 했다.

'젠장, 아차하면 한순간에 지옥구경을 하겠네.'

그렇게 다섯 걸음쯤 갔을 때 그가 다시 멈췄다.

그리고 손에 든 기형도를 석판 사이에 꽂고 비틀었다.

석판이 바닥에서 천천히 올라왔다.

고개를 비틀고 석판 밑을 살펴보던 조연홍의 입가에 희미한 미소가 번졌다.

'갈 대협이 처리했군.'

그는 석판을 다시 내려놓고 뒤를 돌아다보았다.

"대형……."

사운평을 부르려던 그의 목소리가 희미해졌다.

사운평 등은 한 걸음도 다가오지 않고 그 자리에 서 있었다.

왠지 야속했다.

자신은 목숨을 걸고서 기관을 찾고 있는데, 이 장이나 떨어진 곳에서 쳐다보고만 있다니.

"기관이냐?"

그 야속한 대형이 물었다.

조연홍은 심각한 표정으로 고개를 주억거렸다.

"예, 기관이 있어요. 지금부터 제가 알려준 곳만 밟고 가야 합니다."

"알았어."

"대형이 건너가 보세요."

"내가?"

"예. 이리와 보세요. 밟을 곳을 제가 알려줄게요."

"그래?"

사운평이 조연홍 옆으로 다가왔다.

"말해 봐. 어떤 것을 밟아야 하지?"

"여기서부터 다섯째 줄 가운데 석판이 첫 번째입니다. 그리고 그 앞에 셋째 줄에서 오른쪽으로 네 번째에 있는 석판이 두 번째로 밟아야 하는 석판이고요. 그리고 세 번째 석판은 둘째 줄 앞 왼쪽 맨 끝에……."

조연홍은 여덟 개의 석판을 가르쳐주었다.

그러고는 초롱을 들어서 앞을 비춰 주었다.

"이제 가보세요. 석판을 밟을 때 한쪽 발로 힘을 주어서 밟아야 해요. 아셨죠?"

"알았어."

사운평은 바짝 긴장한 표정으로 몸을 날렸다.

첫 번째, 두 번째, 세 번째…….

개구리처럼 좌우로 폴짝폴짝 뛰며 석판을 힘껏 밟는 모습이 우스꽝스러웠지만 뒤에서 바라보는 사람 누구도 웃지 않았다.

오직 한 사람, 조연홍만 웃음이 터지려는 것을 겨우 참았을 뿐.

사운평은 그 사이 여덟 개의 석판을 모두 밟고서 석판이 없는 오장 너머에 내려섰다.

"휴우우, 아무 일도 없는 걸 보니 제대로 밟고 온 모양이군."

"예, 그런 것 같네요. 정말 잘하셨어요!"

조연홍이 힘차게 고개를 끄덕이고는 뒤를 돌아다보았다.

뒤에 서 있던 사람들이 조연홍을 바라보았다.

"다음에는 내가 갈까?"

북야설이 한 걸음 앞으로 나서며 물었다.

"그럴 필요 없어요. 대형이 기관을 움직이는 석판을 다 밟아서 이제 기관이 작동하지 않거든요. 우리는 그냥 가도 돼요."

조연홍이 고개를 저으며 말하고는, 몸을 돌려서 그냥 걸어갔다. 석판을 아무렇게나 밟으며.

사람들은 서로를 바라본 후 조연홍을 따라갔다.

사운평은 그 광경을 보며 눈을 가늘게 좁혔다.

느낌이 싸했다.

'진짜 내가 석판을 밟고 건너와서 기관이 멈춘 걸까?'

설마 저 자식이 장난을 친 건 아니겠지?

하지만 아무리 얼굴을 봐도 여전히 심각한 표정이었다.

"대형, 이제부터는 더 위험해질지도 몰라요. 일장 거리를 항상 유지하고 따라오세요."

"어? 어."

다시 앞으로 나선 조연홍의 입술이 파르르 떨렸다.

'크크크크. 이거 재미있는데?'

그때 발밑에서 자잘한 진동이 느껴졌다.

우르르르릉.

*　　　*　　　*

진동의 진원지는 지하 삼 층이었다.

갈원과 천화궁 사람들이 십자로 갈라진 길에서 전면의 길을 택해 이 장쯤 진입했을 때였다.

크르릉! 쿵!

천장에서 석 자 두께의 석판이 내려오더니 앞을 막았다.

사람들이 멈칫한 순간.

갈원이 대경해서 소리쳤다.

"뒤로 물러서시오!"

동시에 굉음이 울리면서 천장의 거대한 석판이 통째로 떨어졌다.

콰르르릉!

바로 머리 위에서 갑자기 떨어진 터라 대처할 틈도 없었다.

게다가 여러 사람이 좁은 곳에 있다 보니 뒤로 몸을 빼고 싶어도 사람에 막혔다.

"으악!"

콰과광!

"크억! 내 발!"

"당황하지 말고 주위를 살피면서 천천히 물러서시오!"

백원양이 악을 쓰듯 외쳤다.

사람들은 좌우를 둘러보면서 뒤로 물러섰다.

먼지구름 사이로 퍼지는 붉은 불빛. 기괴한 분위기가 흐르는 통로에서 신음이 흘러나왔다.

"으으으으."

한 사람은 몸 전체가 깔리고 한 사람은 한쪽 발이 눌렸다.

발이 깔린 사람은 신화단 단원이었다.

두께가 두 자나 되는 석판은 족히 만 근 이상 나갈 듯했다. 더구나 위에서 떨어지는 바람에 몇 배의 힘이 가중되었다.

석판에 깔린 그의 발은 완전히 짓뭉개진 채 너덜너덜한 살점으로 겨우 연결되어 있었다.

검을 빼든 감진은 이를 악물고 신화단원의 뭉개진 발을 잘라냈다.

그리고는 옷을 찢어서 지혈부터 시켰다.

"갈 대협! 이게 어찌된 거요?"

나종악이 갈원을 향해 소리쳐 물었다. 노성이 묻어 나오는 목소리였다.

이를 악물고 있던 갈원이 대답했다.

"자체에 기관이 설치된 게 아니어서 알 수가 없었소. 아마도 벽이 내려와 앞을 막으면 천장의 식판이 떨어지게 해놓은 것 같소."

참으로 교묘한 배치였다. 천장에서 석벽이 내려왔을 때는 이미 사정권 안에 사람들이 들어서있게 된다.

꼼짝없이 당할 수밖에 없는 상황.

그나마도 희생자가 두 명뿐인 것이 다행이었다.

자신이 소리치지 않았다면 적어도 서너 명이 더 깔렸을 것이다.

저들이야 그것조차도 불만일 테지만.

그래도 자신에게 뭐라 하지 못하는 것은 그 원인이 저들에게 있기 때문 아니겠는가.

"앞으로도 어디에서 어떤 식으로 기관이 작동할지 알 수 없소이다. 그나마 우리가 알고 있는 것과 셋 중 하나 정도만 다르니 조금만 더 조심한다면 끝까지 갈 수 있을 것이오."

"정말 무사히 통과할 수 있겠소?"

백원양이 물었다.

갈원이 미묘한 표정으로 되물었다.

"백 령주, 내 명이 여기서 끝날 것처럼 보이오?"

백원양은 바로 대답을 못 했다.

자신이 아무리 뛰어난 역술인이라 해도 모든 사람의 명을 알 수 있는 것은 아니다.

사운평처럼 확실하게 알 수 있는 사람은 열 중 셋 정도다.

더구나 갈원은 이미 오십 년을 넘게 살았기 때문에 판단을 내리기가 더욱 애매했다.

지금 같은 세상에서 십 년만 더 살아도 그럭저럭 제 명을 살았다고 할 수 있으니까.

다만 분명한 것은, 당장 죽을 운명은 아니라는 것이다.

"천기가 크게 변하지만 않는다면 당신은 살아서 나갈 수 있을 거요."

"그거 정말 반가운 말이오. 그럼 백 령주의 질문에도 대충은 대답이 된 것 같구려."

—내가 여기서 죽지 않으니 당신들도 죽지 않는다.

그런 뜻.

그러나 백원양은 그 두 가지가 반드시 일치하지만은 않을 거라는 걸 잘 알고 있었다.

갈원의 운명과 천화궁 사람들의 운명이 같을 순 없는 일 아닌가?

하지만 그에 대해서는 더 말하지 않았다.

해봐야 아무런 도움도 안 되니까.

"일단 이곳을 벗어납시다."

"알겠소."

갈원은 무겁게 고개를 끄덕이고는 좌우의 길 중 우측 길을 택했다.

어두컴컴한 통로가 아가리를 벌린 채 그들을 기다리고 있었다.

지옥으로 들어가는 기분이 이러할까?

갈원은 숨을 깊이 들이쉰 후 걸음을 옮겼다.

'정말 지독한 살관을 만들어 놓았구나. 하지만 쉽게 지진 않을 거다. 어디 누가 이기나 해보자.'

석판을 넘어간 그들이 이십 보쯤 걸었을 때 어디에선가 미미한 소음이 들렸다.

끼기기기기…….

第五章

이번엔 진짜다

　귀혼문은 시간을 벌기 위해서 오십여 명 중 이십 명에게 통로를 지
키게 하고 나머지만 안으로 들어갔다.

　남은 귀혼문 무사와 천화궁 제자들은 죽음을 두려워하지 않고 통
로를 지켰다.

　처절한 투혼!

　안으로 들어간 사람들은 천화궁 제자의 죽음에 대한 대가로 일각
이라는 시간을 벌 수 있었다.

　그런데 삼룡은 막상 통로가 확보되자 갈등이 일었다.

　들어가자니 별 이득도 없이 피해만 커질 것 같고, 밖에서 기다리
자니 만약의 일이 걱정되었다.

　안으로 들어간 자들이 삼비의 옛 무공을 얻어서 살아나오지 않을

까?

삼비의 무공이 자신들이 알고 있는 것보다 더 강하지 않을까?

한편으로는 욕심도 났다.

삼비의 무공을 얻을 수만 있다면 삼룡 중에서도 우뚝 설 수 있지 않겠는가 말이다.

은명곡의 대표라 할 수 있는 부곡주 우치량이 먼저 그 욕심을 밖으로 드러냈다.

"금 형, 저들이 삼비총을 발굴하려고 했을 때는 그만한 자신감이 있다는 말 아니겠소? 이대로 놔두었다가 정말로 그들이 뭔가를 얻어서 도망친다면 큰일 아니오?"

상관창 역시 금우경을 압박했다.

"저희도 같은 생각입니다. 이곳에는 우리 외에도 많은 자들이 몰려와 있습니다. 그들이 몰려나오기 전에 우리가 먼저 들어가서 내부의 상황을 정확히 알아보는 것이 어떻겠습니까?"

그들의 마음을 정확히 알지 못하는 무림맹도 밖에서 기다리고만 있을 순 없었다.

"아미타불. 금 시주, 일단 일부 인원만이라도 안으로 들여보내는 건 어떻겠소이까?"

금우경이 마지못한 표정으로 말했다.

"좋소. 그럼 몇 명씩 들어가는 게 좋겠소?"

기다렸다는 듯 우치량이 제안했다.

"삼십 명씩 선별해서 안으로 들어갑시다."

"그것도 나쁘지 않은 생각입니다."

공손건도, 백양대사도 찬성했다.

"아미타불, 그 정도라면 본 맹도 부담이 되지는 않을 것 같소이다."

"좋소, 그럼 그렇게 할 테니 일각 안에 인원을 추려주시오."

"그 전에 준비해야 할 것이 있습니다. 안쪽은 완전한 암흑일 겁니다. 들어가려면 불이 있어야 합니다."

한 시진 후.

삼룡과 무림맹은 안으로 들어갈 준비를 마치고 통로 입구에 섰다.

바로 그 시각.

강호의 무사들이 하나 둘 왕옥산으로 몰려들었다.

그들은 멀리 떨어진 곳에서 삼비총을 바라보았다.

개중에는 마도문파의 고수들도 있었고, 소문을 듣고 삼삼오오 짝을 지어서 찾아온 무사들도 다수였다.

삼룡과 무림맹에서 선별한 무사들이 통로로 진입할 즈음 그 숫자가 백 명을 훌쩍 넘어섰다.

개중에는 은명곡 무리의 뒤를 쫓아와서 이제 막 도착한 천도맹의 고수들도 있었다.

"도대체 저 안에 무슨 보물이 있어서 저리도 많은 고수들이 모였는지 모르겠군요."

악종화가 이맛살을 잔뜩 찌푸린 채 중얼거렸다.

옆에 서 있던 덩치 큰 청년, 관호가 자신의 생각을 말했다.

"정말 소문대로 강호의 절기가 숨겨져 있는 것 아닐까요?"

눈살을 찌푸리고 있던 화령도 두경명이 곤혹스런 표정을 지었다.

"나는 헛소문이라 생각했는데, 그것이 아니었던 모양이네, 소맹주."

"이럴 줄 알았으면 더 많은 사람들을 데려올 걸 그랬습니다."

북명장에서 고수로 보이는 자 십여 명이 빠져나왔다는 보고를 받고 급히 삼십여 명을 데리고 뒤를 쫓았다.

그런데 북명장에서 나온 무리가 백 리쯤 떨어진 곳에서 백 명에 가까운 인원과 합류하는 것이 아닌가?

그때부터 거리를 두고 쫓았다. 어차피 인원이 많으니 꼬리를 놓칠 염려는 하지 않아도 될 듯했다.

무덤에 관한 소문을 들은 것은 그들의 뒤를 따라오며 마을에 머물렀을 때였다.

일찍 알았다면 인원을 더 동원했을 텐데…….

아쉬웠지만 그때는 이미 하루가 꼬박 지난 후였다.

"일단 조금 더 두고 보는 게 좋겠네. 돌아가는 상황을 봐서 어떻게 할 것인지 결정하세."

두경명의 말에 관호가 고개를 끄덕였다.

삼룡과 무림맹에서 선발한 무사 구십 명이 삼비총 안으로 들어갔다.

밖에 남은 숫자는 이백 정도.

그러나 숫자는 많아도 무력은 전체의 오 할이 안 된다고 봐야 했다. 고수들은 안으로 들어갔을 테니까.

몸을 숨기고 있던 자들도 그 점을 생각하고 동요했다.

"보물에 주인이 따로 있나? 우리도 가서 끼워달라고 합시다!"

누군가가 목소리를 높여서 소리쳤다.

여기저기서 호응하는 목소리가 들렸다.

"옳소! 일단 함께 가봅시다!"

"겁나는 사람은 빠지시오!"

곳곳에서 무사들이 쏟아져 나왔다.

그제야 사람들은 몸을 숨기고 있던 자의 수가 예상했던 것보다 훨씬 더 많은 걸 알고 놀라마지 않았다.

더구나 그들 중에는 예상치 못했던 고수들까지 있었다.

"관산일마 양화민이다!"

"헛! 저 사람은 염왕수 막귀붕이잖아?"

"혈운선자 소응란도 왔군."

"낙운검객 오득천 대협과 제양일검 양 대협도 보이는데?"

"제기랄. 우리 같은 사람은 이름도 못 내밀겠군."

내로라하는 고수 중에는 정파인도 있고 마도인도 있었다.

평소라면 물과 기름처럼 섞일 수 없는 관계.

아니 마주친 순간 서로를 향해 무기를 들이대며 싸움을 벌였을지도 몰랐다.

하지만 오늘만큼은 소 닭 보듯 했다.

그들은 오만한 표정으로 주위를 둘러보고는 어깨에 힘을 주고 앞으로 나섰다.

그 모습을 바라보던 두경명이 관호에게 물었다.

"소맹주, 어떻게 하겠나?"

"구경만 하고 있을 수는 없지 않습니까? 저 안에 뭐가 있는지 우리도 한번 들어가 보지요."

결국 그들도 천도맹 무사들과 함께 밖으로 나가서 꼬리에 붙었다.

군웅들의 숫자가 빠르게 불더니 이백 명이 넘어섰다.

무력에서 자신이 생긴 그들은 욕망에 불타는 발걸음을 옮겼다.

지옥의 아가리를 향해서!

삼룡과 무림맹 사람들은 당연하게도 순순히 길을 터주지 않았다.

조금 전과는 주객이 전도된 상황.

"비켜라!"

"어림없다, 이놈들!"

"흥! 비켜서지 않으면 모두 죽이고 들어갈 것이니라!"

"원시천존! 어딜 감히 들어가겠다는 거냐!"

대화는 오래가지 않았다.

욕망으로 판단력이 흐려진 군웅들은 시간이 흐를수록 마음이 조급해졌다.

"뚫고 들어가세!"

군웅 중 눈매가 칼날처럼 날카롭고 하얀 수염이 덥수룩한 중노인이 냉랭히 소리쳤다. 그가 바로 관산 일대를 아우르고 있는 관산일마 양화민이었다.

염왕수 막귀붕이 두 손에 공력을 끌어올리고 앞으로 나아갔다.

"어디 막아 보시지!"

기다렸다는 듯 군웅들이 물밀듯이 밀려가며 공격을 시작했다.

와아아아!

"놈들을 막아!"

"무림맹의 제자들은 전력을 다해서 마의 무리를 처단하라!"

여기저기서 악다구니가 터져 나왔다.

삼룡과 무림맹 사람들은 군웅들의 진입을 막기 위해서 철저히 방어에 치중했다.

하지만 주 고수들이 삼비총 안으로 들어간 상황. 반 각쯤 지나자 절반 가까이가 쓰러지고 방어막이 흐트러졌다.

그때부터 군웅들 중 절정 고수들이 먼저 삼비총으로 진입했다.

그들은 처음부터 무덤으로 들어갈 생각을 하고 불을 붙일 수 있는 화섭자나 황초를 미리 준비해온 터였다.

안으로 들어가면서 어둠이 짙어지자 너도나도 불을 켰다.

관산일마 양화민이 그 모습을 보고 말했다.

"모두 불을 켤 필요는 없을 것 같소. 한두 사람만 불을 켜고 나머지는 화섭자와 황초를 아끼는 게 어떻겠소?"

"옳은 말씀이오."

"어차피 우리는 한배에 탔소. 먼저 들어간 자들과 싸움이 벌어지면 서로 돕도록 합시다."

양화민이 다시 말하자, 홍모란처럼 붉은 경장을 입은 혈운선자 소응란이 교소를 터트리며 눈웃음을 쳤다.

"호호호, 과연 양 대협이세요. 소첩은 무조건 양 대협의 말씀에 따르겠어요."

치열한 격전의 현장을 멀리서 지켜보던 중년인은 입술 끝을 비틀며 조소를 지었다.

사십 대 중후반의 나이인 그는 콧등에 굵은 상흔이 나있었다. 칼날처럼 예리한 뭔가에 깊게 베인 듯했다.

그가 조소를 지으며 코를 씰룩이자 상흔이 지렁이처럼 꿈틀거렸다.

"후후후후, 일이 재미있게 흐르는군. 주군께서 아주 좋아하시겠어."

고개를 들어 하늘을 올려다본 그는 이를 드러내며 하얗게 웃었다.

'삼룡, 이제 곧 너희들은 천외에 또 다른 하늘이 있다는 걸 알게 될 것이다!'

*　　　*　　　*

밖에서 무슨 일이 벌어진 줄도 모른 채 사운평은 머리를 싸맸다.

"제기랄. 왜 여기에서 앞이 막히고 길이 양옆으로 나누어지지?"

천화궁 간부와 갈원이 꼬박 하루 걸려서 온 거리를 한 시진 만에 지나올 수 있었다.

앞서간 갈원이 기관을 해제시킨 덕분이었다.

그런데 문제가 생겼다.

지금까지는 자신의 머릿속에 남아 있는 금판의 선과 통로의 방향이 일치했다.

금판의 선대로라면 통로는 반듯하게 앞으로 향해야 했다.

하지만 두 자 두께의 석판 너머는 석벽으로 막혀 있고, 반듯해야 할 통로가 양 옆으로 나있었다.

그뿐이 아니었다.

사방에 흩뿌려진 검붉은 자국, 은은한 피비린내. 누군가가 여기서 많은 피를 흘린 듯했다.

"정말 대형이 봤던 금판의 선과 달라요?"

조연홍이 긴장한 표정으로 물었다.

초롱불 때문인지 상기된 얼굴이 더욱 붉게 느껴졌다.

"그렇다니까. 금판에는 분명히 쭉 뻗은 선이 있었어."

"그림을 까먹은 것은 아니고요?"

"자식이! 내가 기억력이 얼마나 좋은데?"

그때 북야설이 차가운 눈빛으로 바닥을 노려보며 말했다.

"저 석판 밑에 시커먼 것도 피 같은데?"

사람들의 시선이 석판으로 향했다.

석판 아래쪽이 검게 물들어 있었다.

조연홍이 쪼르르 다가가더니 초롱불을 비췄다.

"피가 맞아요. 그리고……."

쪼그리고 앉은 그가 오른손의 기형도로 석벽 밑을 긁었다.

그러고는 굳은 표정으로 고개를 돌렸다.

"살점도 있어요."

그 말에 북야진이 의아함과 긴장감이 뒤섞인 표정으로 물었다.

"왜 거기에 피와 살점이 붙어 있지?"

"석판에 사람이 깔렸다는 거겠죠."

"그럼 이 석판이 원래 여기 있던 게 아니고 다른 곳에서……?"

"천장에서 떨어졌겠죠."

"……."

모두가 입을 꾹 다문 채 몸을 부르르 떨었다.

"대형, 아무래도 기존에 전면으로 뻗어있던 통로가 막힌 것 같아요."

"흠, 그래서 내가 알고 있던 것과 달랐던 건가?"

사운평이 그제야 이해했다는 듯 고개를 주억거렸다.

하지만 그 사실을 알았다고 해서 달라질 것은 없었다.

아니, 그렇기 때문에 조연홍은 심장이 오그라들 정도로 두려웠다.

"그래요. 그리고 그만큼 더 위험해진 거죠. 이제부터 가야하는 길은 대형이 알고 있는 길과 다를지 모르니까요."

조연홍의 말뜻을 깨달은 사운평도 얼굴이 일그러졌다.

"지미……."

"……."

잔뜩 긴장한 사람들은 입을 꾹 다문 채 석벽으로 막힌 앞만 바라봤다.

아무리 강심장이라 해도 긴장하지 않을 수 없는 상황이었다.

심지어 무뚝뚝한 궁탁이나 예리성, 표정이 얼음장처럼 차갑던 북야설마저도 표정이 굳어 있었다.

조연홍의 말을 이해하지 못한 호우만이 멀뚱멀뚱 쳐다보고 있을 뿐.

그런데 의외로 제일 연약할 것 같은 이연연만은 태연했다.

"어차피 위험이 없을 거라 생각하고 들어온 것은 아니잖아요? 우리 힘내요, 오빠."

이연연이 사운평을 달랬다.

사운평은 그녀의 말에 긴장감을 털어냈다.

백원양도 오래 산다고 하지 않았던가?

이제 믿을 것은 그의 말밖에 없었다.

"어, 힘내야지. 내가 무슨 수를 써서라도 연연이를 밖으로 나가게 해 줄 거야! 이 오빠 믿지?"

"예, 믿어요."

"하, 하, 하. 그럼 가보자고. 앞서 간 사람들이 아직 안 보이는 거 보면 아주 깊숙한 곳까지 들어간 것 같아. 그럼 그들을 만날 때까지는 괜찮다는 말 아니겠어?"

옳은 말이다.

조연홍도 그 말을 듣고 나서야 다시 힘이 났다.

"대형 말씀이 맞아요."

"그렇지? 자, 출발해. 까짓 거, 어디 누가 이기나 보자고!"

"그런데 어느 쪽으로 가죠?"

좌측이냐, 우측이냐.

운명의 결정을 내려야 할 때다.

사운평은 침점을 치기 위해서 손바닥에 침을 뱉으려다가 멈칫했다.

어릴 때부터 자신이 침점을 치면 열 중 일곱 번은 맞았다.

이럴 때 이 할의 확률이 어딘가?

하지만 연연이 앞이었다. 더럽게 침을 뱉었다고 손을 잡지 않을지도 몰랐다.

그때 그의 눈매가 슬쩍 치켜 올라갔다.

눈앞의 머리카락이 살랑거리고 있었다.

그는 자신만만하게 좌측을 택했다.

"이쪽으로 가자. 미미하지만 바람이 불어오고 있거든."

조연홍이 초롱불을 들고 앞장서서 십오륙 장을 전진했다.

그 사이 구비를 두 번 꺾어졌다.

끼이이이이이. 스으으으으.

우르르르릉.

어디선가 기분 나쁜 소음이 은은하게 들렸다. 등줄기가 절로 차가워졌다.

그렇게 반듯하게 뻗은 통로를 앞에 두었을 때였다.

"멈춰요, 대형!"

조연홍이 갑자기 소리쳤다.

"왜?"

"아무래도 느낌이 안 좋아요."

인상을 잔뜩 찌푸린 조연홍은 바닥을 세세히 살펴보았다.

천하제일도둑의 감은 정확했다.

바닥에는 여기저기 수많은 원이 새겨져 있었는데, 나름대로 규칙이 있는 듯했다.

멋을 내려고 새긴 것이 아니라면 기관이 설치되었을 가능성이 컸다.

그런데 바닥을 살펴보던 그의 얼굴이 서서히 창백해졌다.

"무슨 일이야? 또 기관이야?"

"예, 기관이 설치되어있는 것 같아요."

"갈 대협이 처리했어?"

"아뇨."

"뭐? 그럼 이곳으로 안 왔단 말이야?"

조연홍이 천천히 고개를 돌렸다.

초롱불에 비친 그의 얼굴이 눈에 띌 정도로 하얗게 질려 있었다.

"갈 대협과 천화궁 사람들은 갈림길에서 오른쪽으로 갔나 봐요."

"오른쪽으로 갔다고?"

"기관이 그대로 있는데, 어디에도 사람의 손길을 탄 흔적이 없어요. 아주…… 오랫동안."

"……."

새로운 길, 오랫동안 아무도 손대지 않은 기관.

그 말의 의미는 간단했다.

—이 길은 자신들이 처음이다. 고로 이제부터는 자신들이 알아서 기관을 통과해야 한다!

그 말이었다.

"제길, 놈들이 곧 쫓아올 텐데……. 바람이 부는 것 같아서 이쪽으로 왔더니 재수가 없군."

투덜거리는 사운평을 조연홍이 힐끔 올려다봤다.

'바람이 분 게 아니라, 내가 한숨을 쉰 것이었는데…….'

손바닥에 침을 뱉으려는 이유를 짐작하기에 한숨이 절로 나왔었다.

몇 사람 목숨이 걸렸는데 애처럼 침점이나 치려고 하다니.

하지만 이제 와서 그 말을 해봐야 잔소리만 들을 터. 모른 척했다.

"할 수 없지. 연홍, 최대한 빨리 해제시켜봐."

사운평은 당연히 할 수 있을 거라 생각했다.

조금 못미덥긴 하지만 지금까지 해온 걸 보면 이 정도는 어렵지 않게 처리할 수 있을 듯했다.

그런데 조연홍이 울상을 지었다.

"찾아내는 건 어떻게 해 볼 수 있지만, 부수거나 해제시키는 건 힘들어요."

"지금까지 잘해 왔잖아?"

"그거야 갈 대협이 해제시킨 것만 확인했던 거죠."

"그럼 아까 나에게 기관을 통과시킨 건 뭔데? 해제시키는 방법을 아니까 시켰을 거 아냐?"

"……."

조연홍은 시선을 슬그머니 돌리고서 어깨를 옹크렸다.

사운평이 그런 조연홍을 뚫어지게 노려보았다.

"너 혹시……?"

그때 위지강이 나서서 사운평의 발광을 미연에 방지했다.

"문주, 되돌아가서 길이 바뀐 곳을 찾아보는 게 어떻겠나?"

이연연도 대충 상황을 눈치채고 한마디 거들었다.

"그래요, 오빠. 지금은 지나간 일로 뭐라고 할 때가 아니잖아요."

이연연의 말에 사운평이 얼굴과 주먹에 들어간 힘을 풀었다.

"알았어. 돌아가자."

사운평 일행은 갈림길로 가기 위해서 구비 하나를 돌아갔다.

그때 앞에서 천둥소리가 들렸다.

콰르르르, 쿵!

조연홍이 재빨리 앞으로 달려갔다. 그리고 열을 세기도 전에 돌아왔다.

얼굴이 창백했다.

"앞이 막혔어요, 대형."

"뭐? 막혀?"

사운평의 눈빛이 칼날처럼 날아가서 조연홍의 눈에 꽂혔다.

조연홍이 움찔하며 기어들어가는 목소리로 말했다.

"누가 기관을 건드렸나 봐요."

"그럼 어떡해? 너는 기관을 부수거나 해제시킬 수 없다며?"

"최선을 다하면 방법이 있을지도 몰라요. 아무래도 칠성진을 기초로 해서 기관을 설치한 것 같거든요."

"그래?"

"대신 대형이 도와주셔야 해요."

"내가?"

"대형보다 신법이 뛰어난 사람이 없잖아요."

사운평이 조연홍을 지그시 노려보았다.

"또…… 그 짓을 해야 한단 말이지?"

"이번엔 진짜에요."

"후우, 하긴 내가 동생을 안 믿으면 누굴 믿겠냐?"

사운평이 한숨을 내쉬며 고개를 절레절레 흔들었다.

조연홍은 그 말에 진심으로 감동해서 가슴이 다 먹먹했다.

"아까는 정말 미안했어요, 대형."

"됐다. 형제간에 그럴 수도 있지 뭐."

사운평은 착잡한 표정으로 대답하고 몸을 돌리며 슬쩍 조연홍을 살펴보았다.

조연홍의 눈에 물기가 고여 있었다.

'자식, 도둑놈이 되게 순진하단 말이야.'

그때 이연연이 슬쩍 손을 잡았다.

고개를 돌리자 이연연이 미소를 지으며 한쪽 눈을 찡긋했다.

—잘했어요, 오빠.

그런 뜻인 듯했다.

그 모습을 보니 걱정이 구만리 밖으로 날아갔다.

'침 안 뱉길 잘했군.'

잠시 후.

조연홍의 설명을 들은 사운평은 다시 한 번 폴짝거리며 뛰었다.

"칠성의 수순에 따라서 원을 밟아요!"

"이렇게 말이지?"

"예! 그 다음에는 앞에 세 줄 건너서 좌측에서 두 번째 원요! 그게 칠성(七星)의 마지막이에요. 그걸 밟은 다음에 원이 없는 곳까지 건너가세요!"

사운평은 멋지게 빙글 돌면서 일곱 번째 원을 밟았다.

역시 아무 일도 일어나지 않았다.

그런데 마지막까지 아무 일도 일어나지 않으니 의심이 생겼다.

'저 자식, 혹시 이번에도 놀리는 거 아냐?'

원이 없는 곳까지는 일 장 거리.

그는 원이 없는 곳에 내려서는 척하면서 다른 원을 슬쩍 밟아보았다.

아무런 이상도 없었다.

'이 자식이 진짜……!'

배신감을 느낀 그는 완전히 건너가지 않고 원을 밟은 채 몸을 돌렸다.

"연홍, 너……!"

바로 그때.

퉁!

미미한 떨림이 발밑에서 느껴졌다.

워낙 약해서 극히 예민한 초감각이 아니었다면 느끼지 못했을지도 모를 정도였다.

'응?'

흠칫한 사운평의 온몸에 전율이 일었다.

찰나!

양쪽 벽에서 뭔가가 빛살처럼 날아들었다.

쒜쒜쒜쒜!

놀랄 틈도 없이 반사적으로 몸을 튼 그는 두 손을 흔들었다.

"대형!"

"오빠!"

조연홍과 이연연이 동시에 소리쳤다.

사운평이 몸을 빙글 돌리고는 원이 없는 곳으로 주욱 미끄러졌다.

일 장가량 미끄러져서 몸을 돌린 그의 입에 작은 화살이 하나 물려 있었다.

그리고 그의 손가락 사이에도 화살 네 개가 꽂혀 있었다.

사운평은 놀라서 솜털까지 곤두섰다.

거리가 가까운데다 속도마저 빨라서 겨우겨우 잡아냈다.

운이 조금만 나빴어도 화살이 몸을 꿰뚫었을 터. 생각만으로도 아찔했다.

"흐으으, 흐으으으."

화살을 물고 있는 그의 입에서 괴이한 숨소리가 흘러나오자, 이연연이 소리쳐 물었다.

"오빠! 괜찮아요?"

"화살을 버려요, 대형! 독이 묻었을지 몰라요!"

독?

화들짝 놀란 사운평은 후다닥 입에 문 화살을 뱉어냈다.

퉤!

그러고는 손가락 사이에 끼어 있는 화살을 바라보았다.

화살촉이 푸르스름하게 느껴졌다.

정말 독이 묻어 있는 걸까? 얼마나 지독한 독일까?

물론 시험해 볼 생각은 눈곱만큼도 없었다.

그가 화살을 바닥에 내던지자, 조연홍이 다그쳤다.

"도대체 왜 그러신 거예요, 대형!"

얼마나 놀랐는지 입술이 달달 떨렸다.

'왜 그러긴? 네가 또 놀리는 줄 알았지.'

속마음은 그래도, 그렇게 말하면 다른 사람들이 자신을 속 좁은 놈으로 보겠지?

속 좁은 놈이 되기 싫은 사운평은 대충 얼버무렸다.

"기관이 얼마나 지독한지 알아두어야 나중에 네가 실패해도 내가 대처할 수 있을 거 아냐? 다 생각이 있어서 그런 거야, 인마."

"그런 건 미리 말씀을 하셔야죠. 너무 위험했잖아요!"

조연홍은 눈물까지 글썽거렸다.

그 모습을 보니 사운평도 조금 미안한 마음이 들었다.

'아, 자식! 그런다고 울기는……'

"이제 안 할 테니까, 걱정 말고 다른 사람 건너오게 해."

마지막으로 조연홍이 함정을 건너왔을 때, 웅웅거리는 소음이 무덤 안에 메아리쳤다.

예상보다 사람이 많이 들어온 듯했다.

미간을 찌푸린 사운평의 눈빛이 싸늘하게 번뜩였다.

'정말로 누군가가 지금의 일을 꾸몄을까?'

돌아가는 상황을 봐선 그럴 가능성이 컸다.

백원양도 확실한 뭔가가 있으니 거금을 주고 자신에게 그런 청부를 한 것이겠지.

 지금까지 얼마나 많은 사람이 들어왔을까?

 앞으로 얼마나 많은 사람이 죽을까?

 그 생각을 하니 으스스 몸이 떨렸다.

 하지만 오래 고민하진 않았다.

 자신들은 실낱같은 희망을 붙잡기 위해서 들어왔지만, 다른 사람들은 욕망을 위해서 뛰어들지 않았는가.

 욕망을 위해서 지옥에 몸을 던진 자들의 죽음까지 고민할 이유는 없었다.

 '우리도 살기 바쁜데…….'

 마음을 차갑게 굳힌 그는 몸을 돌렸다.

 "그만 가자, 연연아. 연홍, 앞장서."

 사람들은 입을 꾹 다문 채 걸음을 옮겼다.

 간간이 해골과 뼈다귀가 보였다. 아주 오래 전에 죽은 자들, 아마도 삼비의 고수들인 듯했다.

 해골을 보자 입안이 바짝바짝 말랐다.

 이제부터는 전인미답의 길을 가야 한다.

 어쩌면 지옥으로 향하는 길은 이제부터가 진짜 시작이라고 봐야 했다.

*　　　*　　　*

사운평 일행이 삼 층에서 헤맬 때 갈원과 천화궁 사람들은 지하 사 층에 있었다.

그들은 사람이 다섯이나 더 줄어든 상태였다. 예상치 못했던 기관 에 당한 것이다.

그중 한 사람은 고위직 간부 중 한 사람인 청화기주 종사문이었 다.

그의 죽음은 천화궁 제자들을 의기소침하게 만들었다.

하지만 누구도 갈원을 원망하지 못했다.

그나마 갈원이 없었다면 몇 사람이나 살아남았을 것인가?

이제 원망은커녕 갈원에게 의지해야할 상황인 것이다.

그런데 앞을 바라보던 갈원이 곤혹한 표정으로 고개를 갸웃거렸 다.

앞에는 통로라기보다 석실이라고 해야 어울릴 정도로 제법 넓은 공간이 있었다.

폭이 이 장, 길이는 사 장 정도.

양쪽 벽에 십장생이 양각으로 새겨져 있고, 바닥에는 수백 자의 글이 음각되어 있었다. 언뜻 보이는 글을 봐서는 경전을 새겨놓은 듯 했다.

통로는 그 공간의 반대편에서 다시 시작되었다.

"왜 그런가?"

갈원이 앞으로 나아가지 않자 감진이 물었다.

"뭔가 이상하오."

"이상하다?"

"이 안에는 백골이 많소. 백골이 있다는 것은 무언가에 당했다는 말. 결국 기관이 있을지도 모른다는 말 아니겠소?"

사람들은 바라보았다.

불빛으로 환해진 공간에 대여섯 구의 백골이 나뒹굴고 있었다.

삼비의 무사들일까? 아니면 삼룡에서 투입시킨 자들?

어쨌든 그들이 이곳에서 죽었다면 기관에 당했다는 말이 아니겠는가.

"그러겠지."

"그런데 아무리 살펴봐도 특별한 기관은 보이지 않소."

"없으면 다행 아닌가?"

"정말로 없다면 다행이겠지만, 만약 내가 모르는 기관이 설치되어 있다면 문제가 크오."

한번 당해 본 적이 있는 천화궁 사람들의 얼굴에 긴장감이 떠올랐다.

"일단 실험해 보는 게 좋겠군."

감진이 나름대로 생각을 정리하고 앞으로 나섰다.

"어떻게 하시려고 그러십니까, 호법?"

백원양이 흠칫하며 물었다.

감진이 검을 빼들며 말했다.

"이 앞에 기관이 있다면 충격에 작동할 것 아닌가? 위험할지도 모르니 멀리 물러서 있게나."

감진은 빼든 검에 공력을 주입한 후 앞에 내던졌다. 나름대로 무게를 생각해서 검에 공력을 응집시켰다.

무게 차이가 많아서 기관이 작동하지 않았는데, 사람이 지나갈 때 작동한다면 오히려 큰 피해를 당할 수 있지도 않겠는가 말이다.

퍽!

검이 바닥에 꽂혔다.

상당한 무게가 실린 검이어서 정말 기관이 있다면 작동해야 했다.

그러나 한동안 쳐다봐도 아무런 일이 일어나지 않았다.

"별 이상은 없는 것 같군."

감진의 굳은 표정이 펴졌다.

"저희가 먼저 지나가보겠습니다."

신화단 무사 중 다섯이 나섰다.

그들은 일렬로 늘어서서 조심스럽게 한발 한발 앞으로 나아갔다.

감진이 맨 뒤에서 그들을 따라갔다.

어찌나 긴장되는지 보는 사람도 손에서 식은땀이 흐를 지경이었다.

감진과 다섯 사람은 어두컴컴한 건너편 통로 입구까지 간 다음 멈췄다.

그동안 아무 일도 일어나지 않았다.

"휴우, 별 이상은 없는 것 같군."

감진이 안도의 한숨을 내쉬며 말했다.

지켜보던 사람들도 안도하며 걸음을 옮겼다.

갈원이 초롱불을 들고 앞장섰다. 그런데 공간의 절반쯤, 백골 서너 구가 널려있는 곳 근처에 도달했을 때였다.

"뒤로 물러나시오!"

갈원이 버럭 소리를 지르고는 빠르게 뒤로 물러났다.

움찔한 사람들이 걸음을 멈추고 갈원을 바라보았다.

"왜 그러시는가?"

호궁호법 위안창이 의아한 표정으로 물었다.

갈원이 앞쪽에 있는 감진의 얼굴을 뚫어지게 쳐다보며 말했다.

"감 대협, 진기를 끌어올려 보십시오."

"진기?"

감진은 갈원의 말대로 진기를 끌어올렸다.

순간!

"윽!"

외마디 비명과 함께 얼굴이 일그러졌다.

그 직후 뒤쪽에 서 있던 신화단 무사 다섯 명이 비틀거렸다.

"헉, 저희도 이상……."

"도, 독입니다, 호법!"

갈원이 놀라서 소리친 것은 감진의 안색 때문이었다.

거리가 가까워지면서 불빛이 비치자 푸르스름하게 변색된 얼굴이
보인 것이다.

"이곳에는 기관이 아니라 독이 살포되어 있습니다. 모두 운기를
해서 독이 침습했는지 살펴보십시오!"

갈원의 말에 놀란 천화궁 사람들은 급히 운기를 했다.

천만다행히도 건너가지 않은 사람은 이상이 없었다.

"나는 독에 당하지 않았소."

"나도 독기는 느껴지지 않는군."

"그렇다면 아직 독이 살포된 지역에 들어서지 않은 것 같소이다."

하지만 누구도 좋아할 수가 없었다.

시험 삼아서 통로를 지나간 여섯 사람은 이미 독기가 상당히 진행된 듯 보였다.

"크웩!"

신화단 무사 중 하나가 피를 토하며 꼬꾸라졌다.

감진과 다른 신화단원 넷도 주저앉아서 운기로 독기를 몰아내기 위해 사력을 다하고 있었다.

그들은 극양의 무공인 천화신공을 익힌 사람들. 그 열기로 독기를 태우려 했다.

그러나 독기로 인해서 공력을 제대로 끌어올릴 수 없는 지금은 그조차 쉽지 않았다.

갈원 쪽에 있는 사람들은 안타깝고 초조했지만 지켜보는 것 외에 손쓸 방법이 없었다.

"갈 대협, 허공에 떠서 날아가면 되지 않겠소?"

백원양이 말했다.

그럴지도 모른다. 하지만 독을 살포한 자가 그렇게 단순한 방법으로 통과하도록 놔두지는 않았을 듯했다.

"어떤 식으로 독에 당했는지 모르는 이상 함부로 움직여선 안 되오. 숨도 최대한 적게 쉬고, 이상하다 싶으면 즉시 숨을 멈추시오."

그 사이 신화단원 중 하나가 옆으로 쓰러졌다.

참으로 답답하고 미칠 일이 아닐 수 없었다.

형제나 다름없는 사람들이 죽어 가는데 보고만 있어야 하다니!

"방법이 없겠소, 갈 대협?"

백원양이 초조한 표정으로 물었다.

갈원이라 해서 무슨 방법이 있겠는가. 그는 기관과 기문진의 전문가이지 독의 전문가가 아니었다.

그런데 문득 어떤 생각이 떠올랐다.

그는 급히 자신의 겉옷을 벗었다. 겉옷을 검에 둘둘 만 그는 초롱불로 옷에 불을 붙였다.

그러고는 불이 붙은 옷으로 바닥을 천천히 쓸며 앞으로 나아갔다.

옷에서 피어난 연기로 통로 안이 뿌옇게 변했다. 코가 매워서 기침이 나올 듯했다.

그렇게 다섯 자쯤 나아갔을 때였다.

치이이익.

바닥에서 뭔가가 타는 소리가 나더니 푸르스름한 연기가 피어났다.

바닥뿐이 아니었다. 허공에서도 푸른 불꽃이 피어났다 스러졌다.

사람이 지나가면서, 바닥에 있던 독이 허공으로 떠오른 듯했다.

그렇다면 자신들도 조심해야 했다.

"여기서부터 독이 살포된 것 같소이다."

"불로 독을 태우면 괜찮겠소?"

"본래 독은 불에 약하다 했소. 확실치는 않지만 다른 방법이 없는 이상은 불로 독을 태울 수밖에 없소."

그러나 검에 옷을 말아서 피운 불로 독을 태우며 감진이 있는 곳까지 가려면 너무 오랜 시간이 걸릴 것이었다.

"비켜보게. 불로 태울 수 있다면 우리에게도 방법이 있네. 부성주, 백령주가 나와 함께 하세."

위안창이 침중한 표정으로 나섰다.

그는 갈원이 옆으로 비켜서자 두 손을 가슴 높이로 들었다.

그의 두 손이 시뻘겋게 달아오르며 후끈한 열기가 넘실거렸다.

나종악과 백원양도 천화신공을 끌어올리고 위안창 옆에 섰다.

갈원이 그들을 뜻을 짐작하고 주의를 주었다.

"너무 장력을 세게 내치면 독기가 저 안쪽으로 퍼질 수 있소. 차라리 세게 내치는 것보다 열기를 바로 앞부분에 집중하는 게 더 효과적일 거요!"

"알았네. 시작하게."

화르르르르!

세 사람이 손을 뻗자 불길이나 다름없는 장력이 앞으로 밀려갔다.

치이이이익!

극양의 천화장력에 독이 타면서 메케한 냄새가 피어났다.

"독 연기에도 독기가 있을지 모르니 숨을 멈추시오."

갈원이 다시 한 번 주의를 주었다.

천화궁 사람들은 숨을 멈추고 마저 독을 태웠다.

그렇게 이 장쯤 나아가자 더 이상 푸른 연기가 나지 않았다.

독이 살포된 지점이 끝난 듯했다.

그제야 공력의 운용을 멈춘 천화궁의 세 고수는 다급히 감진과 신화단원에게 다가갔다.

그들이 독을 태우는 동안에도 신화단원 둘이 시커먼 피를 쏟아내며 쓰러졌다.

남은 사람은 감진과 신화단원 하나뿐. 그러나 그 두 사람도 얼굴이 푸르뎅뎅했다.

"크크크, 내가 독에 중독되어 이런 꼴이 될 줄은 생각도 못했군."

감진이 자조의 웃음을 흘리며 말했다.

천화궁 제자들은 극양의 무공을 익힌 만큼 독에 강했다.

그런데도 독기를 이겨내지 못한 걸 보면 이곳에 살포된 독의 지독함을 익히 짐작하고도 남았다.

"내가 도와줄 테니 입 다물고 운기에만 집중하게."

위안창이 책망하듯 말하고 감진의 명문혈에 오른손을 얹었다.

그런데 감진이 고개를 저었다.

"굳이 그럴 것 없네. 다 늙은 내가 살면 얼마나 더 살겠나? 짐이 되느니 차라리 죽는 게 낫네."

"감 형……."

"그런데 말이야, 죽을 때가 되니 이상한 생각이 드는군."

"무슨 말인가? 이상한 생각이라니?"

"기분이 아주 안 좋아. 마치 부처님의 손바닥 안에서 놀아나고 있는 기분이라고나 할까?"

"그게 무슨 말인가?"

"사실 이 일을 계획할 때부터 뭔가 찜찜했어. 비천금도에 대해서 알려진 것도 너무 갑작스러웠고……."

"우리가 누군가의 음모에 빠졌단 말인가?"

"나도 모르겠네. 음모에 빠졌는지, 아니면 그냥 죽음을 앞두고 헛 생각이 든 건지…….”

묵묵히 듣고 있던 백원양이 나직이 말했다.

“음모든 아니든 이곳에 들어온 이상 다른 방법이 없습니다. 선조의 유진을 찾아서 살아나가는 것. 이제는 그 일을 위해서 최선을 다하는 수밖에요.”

감진의 고개가 천천히 돌아갔다. 그는 푸르스름하게 변한 눈으로 백원양을 바라보았다.

“자넨 뭔가를 아는 것 같군.”

“특별히 아는 것도 없지만, 안다 해서 달라질 것도 없지요.”

“하긴, 자네 말이 맞아. 달라질 것은 없지, 없어…….”

감진의 목소리가 서서히 작아졌다.

그러더니 어느 순간 몸이 부르르 떨렸다.

“부디 자네들은 살아서…… 나가…….”

그 말을 끝으로 감진의 몸이 옆으로 스르르 무너졌다.

천화궁의 호궁호법 다섯 중 하나가 독에 당해서 속절없이 죽은 것이다.

“그만 가지요.”

착잡한 표정으로 말한 나종악이 이를 악물고 몸을 일으켰다.

그는 감진의 말을 들은 순간 어떤 광경이 떠올랐다.

자신이 가장 믿고 있는 사람과 마주앉아서 차를 마시던 그 순간이.

“자넨 누군가가 자네의 의지와 상관없이 자네를 꼭두각시처럼 부리고 있다면 어떻게 하겠나?"

"하하하. 나는 절대 남의 꼭두각시가 되고 싶은 마음이 없다
네. 누구든 나를 꼭두각시처럼 부리려면 목숨을 내놓아야 할 거
야."

자신의 자신만만한 대답을 듣고 그는 조용히 미소를 지었었다.

그때만 해도 자신이 지금과 같은 생각을 할 거라고 어찌 짐작이나
했으랴.

'설마…… 자네가 엉뚱한 생각을 갖고 있는 것은 아니겠지?'

第六章

욕망의 지옥

퀴퀴한 냄새만 흐르던 삼비총의 미로에서 지독한 피비린내가 진동
했다.

쉴 새 없이 터져 나오는 비명으로 고요는 깨진지 이미 오래.

꿈과 욕망을 좇아 삼비총에 들어온 자들의 안색은 썩은 땡감처럼
죽어버렸다.

상관창과 기소명이 이끄는 신궁 무사들은 삼비총에 들어온 지 몇
시진 만에 자신들의 결정을 처절하게 후회했다.

나름대로 조심한다고 했건만 통로에 설치된 기관은 짐작했던 것보
다 훨씬 더 무시무시했다.

좁은 통로의 좌우에서 날아드는 암기는 빠르고 강력했다.

기관에 걸리면 절정 고수도 속수무책이었다.

지하 삼 층까지 내려오는 동안 죽어간 자만 십여 명. 앞으로도 얼마나 많은 사람이 죽어나갈지 알 수 없었다.

지옥!

그랬다.

욕망의 꿈을 안고 들어선 자들에게 삼비총은 자비가 없는 지옥이었다.

그러나 이제는 돌아갈 수도 없었다.

사람들은 그 사실을 오래지 않아 깨달을 수 있었다.

삼비총의 미로가 얼마나 무서운지, 왜 백수십 년 전에 삼비의 고수들이 이곳에서 죽음을 당했는지.

"빌어먹을! 괜히 들어왔어!"

"여긴 지옥이야! 빠져나가야 돼!"

"부궁주, 다 죽기 전에 그만 나갑시다!"

뒤늦게 공포에 질린 자들이 소리치며 우왕좌왕했다.

"함부로 움직이지 말게!"

상관창이 다그치듯 소리쳤다.

그러나 이미 공포심에 평정을 잃은 자들은 그의 말도 듣지 않았다.

"부궁주께선 알아서 하시오! 우린 나가겠소이다!"

신궁의 장로 하나가 악을 쓰듯 말하고 몸을 돌렸다. 몇 사람이 눈치를 보며 그와 함께 대열에서 벗어났다.

그들은 갈림길에서 오른쪽으로 방향을 틀었다.

상관창은 분노한 눈으로 쳐다만 볼 뿐 막지 못했다. 자신도 두려

운네 다른 사람들은 오죽하랴.

그런데 오른쪽 통로로 들어선 자들이 대여섯 걸음 옮겼을 때였다.

쉬쉬쉬쉭!

"크억!"

"으아악!"

"물러서!"

비명과 악다구니가 통로를 무너뜨릴 것처럼 울렸다.

순식간에 네 사람이 고슴도치처럼 화살에 꿰인 채 죽어갔다.

얼굴이 해쓱하게 질린 신궁 고수들은 죽어가는 동료를 쳐다보았
다.

상관창이 이를 갈며 말했다.

"살아도 같이 살고, 죽어도 같이 죽는다. 이탈하는 자는 내가 먼저
목을 칠 것이다!"

귀혼문도, 통로가 갈라지는 곳에서 각기 다른 길을 택한 천의산장
과 은명곡, 무림맹의 고수들도, 뒤늦게 뛰어든 군웅들도 사정은 마찬
가지였다.

삼 층을 통과하기도 전에 수많은 사람이 죽어갔다.

기관에 당하고, 싸우다가 죽고…….

어둠속 통로에 핏빛 강이 흐르기 시작했다.

그들이 삼비총에 들어선지 다섯 시진.

이제 그들의 가슴속에 남은 욕망은 오직 하나뿐이었다.

이 지옥에서 살아나가고 싶다는 것!

*　　　*　　　*

초롱불 하나가 꺼졌다. 하루쯤 지난 듯했다.

그동안 사운평 일행은 사 층에 도착했다. 다행히 큰 부상을 입은 사람은 없지만 하루 종일 긴장감을 유지하다 보니 온몸이 축 처졌다.

"일단 여기서 식사를 하고 움직이죠."

사운평의 그 말을 반겨야 함에도 사람들의 표정은 펴지지 않았다.

으아아아악!

어디선가 아스라이 비명이 들렸다.

이미 몇 번, 아니 수십 번이나 들은 소리지만 들을 때마다 섬뜩했다.

이런 상황에서 식사를 한들 제대로 소화가 될까?

물론 전혀 영향을 받지 않는 사람도 없진 않았다.

호우는 그 말이 떨어지자마자 등에 진 보따리를 내려놓고 매듭을 풀었다.

"헤헤, 연연아. 우리 밥 먹자."

마치 나들이라도 나온 듯 해맑은 표정이었다.

식사를 거의 마쳤을 무렵.

"잠깐!"

사운평이 짧게 소리치고 일어나서 뒤를 돌아다보았다.

"왜……?"

조연홍이 고개를 돌렸다.

바로 그때.

쿵! 쿠궁!

앞쪽에서 강력하게 두들기는 소리가 들렸다.

천해문 사람들은 화들짝 놀라서 벌떡벌떡 일어났다.

"누가 벽을 두들기나 본데요?"

"맞아. 어떤 무식한 인간이 벽을 부수고 있어."

사운평의 말이 끝남과 동시.

콰!

삼 장 정도 뒤쪽의 석벽이 터지며 부서진 돌조각이 통로로 쏟아졌다.

사운평은 칼을 움켜쥐고 무너진 석벽을 노려보았다.

석벽의 두께는 다섯 자나 되었다. 저 두꺼운 석벽을 무너뜨릴 정도의 무공이라면 초절정 경지에 이른 고수라는 뜻.

더구나 천장에 큰 충격이 가지 않도록 석벽만 무너뜨린 걸 보면 심기 역시 보통이 아니었다.

누가 이곳까지 들어온 걸까?

그의 의문에 답하듯 다섯 사람이 무너진 석벽 안쪽에서 나왔다.

흐트러진 머리카락, 거친 옷차림, 피가 묻은 무기.

혈전을 치르며 이곳까지 온 듯했다.

그들 중 한 사람이 굵은 황초를 들고 있었는데, 사운평 일행을 보고 흠칫하며 경계했다.

사운평은 그들 중 한 사람을 알아보고 눈을 가늘게 좁혔다.

'염왕수 막귀붕?'

그를 보니 돌아가는 상황을 알 듯했다.

'젠장, 결국 여기저기서 몰려든 사람들도 모조리 안으로 들어온 모양이군.'

이제는 기관만 적이 아니다. 수많은 고수들이 서로 죽고 죽이는 싸움을 벌이고 있었다.

자신들 역시 그러한 피의 수레바퀴와 함께 굴러가게 될 터. 정말 빌어먹을 일이었다.

"너희들은 누구냐?"

막귀붕의 옆에 서 있던 사십 대 중년인이 물었다.

그는 왼쪽 어깨가 온통 피로 물들어 있었는데, 얼굴까지 튄 피 때문인지 험상궂게 느껴졌다.

"우린 천해문 사람들이오."

"천해문? 이름도 없는 놈들이 운 좋게 여기까지 들어왔군."

"운은 우리보다 당신들이 더 좋은 것 같은데? 개싸움을 하면서 여기까지 온 걸 보면 말이야."

"건방진 놈이 주둥이를 함부로 놀리는구나."

"뭐 주워 먹을 게 있다고 여기까지 들어온 거지? 이곳에 무슨 보물이라도 있는 줄 알고 오셨나?"

사운평의 조롱기 가득한 말에 중년인이 눈을 치켜떴다.

"뭐야? 이 애송이 자식이!"

"잠깐."

막귀붕이 손을 들어서 그의 입을 막았다.

중년인은 막귀붕의 말을 무시하지 못하고 사운평만 죽일 듯이 노려보았다.

중년인의 입을 막은 막귀붕이 사운평을 보며 고개를 비틀었다.

"어디서 본 적이 있는 친구 같은데……."

"내가 좀 잘 생겨서 어디 가나 그런 소리를 듣죠."

"빼질거리는 그 말투. 그리고…… 그 칼. 맞아, 분명히 본 적이 있어."

사운평도 더 이상 자신을 감추지 않았다.

"등초력도 들어왔을 텐데, 혹시 만나보지 못했소?"

순간적으로 막귀붕의 눈빛이 번뜩였다.

"그래, 바로 너였군. 숭산의 절벽에서 떨어졌던 놈."

"하하하, 기억력이 좋으시군."

"잘하면 뜻하지 않은 횡재를 할 수도 있을지 모르겠군."

"지금은 욕심낼 때가 아니라는 걸 잘 아실만한 양반이 왜 이러쇼?"

"그거야 나중에 고민해도 될 일이지. 여기까지 와서 빈손으로 나갈 순 없잖은가?"

"염왕수라는 이름을 여기에 묻고 싶습니까?"

막귀붕의 날카로운 눈매가 꿈틀거렸다.

그때 궁탁이 말했다.

"저 사람이 염왕수 막귀붕인가?"

"예, 궁 형."

"얼마나 강한지 한번 보고 싶군."

"여무량보다는 조금 강할 겁니다. 하지만 지금은 싸울 때가 아니니 조금만 참으십쇼."

사운평과 궁탁의 대화에 막귀봉의 눈에서 스산한 살기가 번들거렸다.

하지만 그보다 앞서서 다른 자가 나섰다.

"정말 건방진 놈이군. 막 대협, 제가 저놈들의 입을 찢어놓겠습니다."

삼십 대 중반 정도로 보이는 자였다.

큰 키에 마른 몸매, 눈초리가 치켜 올라가서 독기가 흐르는 인상이었다.

스릉.

검을 빼든 장한은 머뭇거리지 않고 사운평을 향해 다가왔다.

"나는 비염추라 한다. 강호의 친구들은 혈혼검이라 부르지. 내 손에 죽더라도 네 입을 원망해라."

"그렇게 빨리 죽고 싶어?"

"그 전에 네놈의 입에 검을 쑤셔 넣을 것이다!"

장한, 비염추는 말이 끝나기 무섭게 튕기듯 앞으로 나아가며 번개처럼 검을 뻗었다.

이 장 거리가 찰나에 좁혀지며 검첨이 사운평의 머리를 향해 날아들었다.

순간, 사운평의 허리춤에서 벼락이 솟구쳤다.

불빛이 은은하게 흐르는 허공이 사선으로 갈라졌다.

동시에 벼락이 비염추의 어깨를 훑고 지나갔다.

"헉! 크억!"

경악, 그리고 뒤늦게 터져 나오는 비명.

툭!

비염추의 왼팔이 바닥에 떨어져서 갓 잡아 올린 잉어처럼 펄떡거리고, 팔이 사라진 곳에서 피분수가 뿜어졌다.

사운평은 일도로 비염추의 팔을 자르고 냉담한 목소리로 말했다.

"건들지만 않으면 나도 순한 사람이야. 하지만 검을 들이대는 자까지 용서할 마음은 없어."

비염추가 일 초도 상대하지 못하고 당할 줄이야.

경악한 표정으로 사운평을 바라보는 막귀붕 일행의 눈빛은 조금 전과 판이했다.

막귀붕 역시 목소리가 가라앉았다.

"정말 무서운 칼이군."

"시험해 보겠다면 말리진 않아. 대신 목숨을 걸어야 할 거요."

그때였다.

우르르르릉.

천장에서 나직한 울음이 흘러나왔다.

사운평은 슬쩍 눈을 들어서 천장을 쳐다보았다.

무너진 석벽 위쪽 천장의 석판이 미미하게 움직이는 듯 느껴졌다.

문제는 그 움직임이 석벽 쪽뿐만이 아니라 자신들이 서 있는 곳까지 번지고 있다는 것이었다.

"제기랄! 빨리 안쪽으로 들어가쇼!"

사운평이 소리치자, 천해문 사람들은 황급히 안쪽으로 달렸다.

그제야 막귀붕 일행도 천장을 바라보았다.

거대한 돌이 서서히 빠져나오고 있었다. 천장이 붕괴되기 직전인 것이다.

"헉! 피해!"

대경한 그들은 앞뒤 가리지 않고 사운평 일행을 따라서 내달렸다.

쿠구구궁! 콰과광!

마침내 천장이 천둥소리를 내며 무너져 내렸다.

사람 몸뚱이보다 더 큰 바윗돌이 소나기처럼 쏟아진다.

천장이 무너진 통로의 길이는 오륙 장.

머뭇거리다 출발이 늦어진 두 사람이 바윗돌 소나기를 피하지 못하고 파묻혀버렸다.

"으아악!"

"사, 살려줘! 크억!"

구비를 돌아서 겨우 위험지역을 벗어났을 때다.

"멈춰요!"

초롱불을 들고 선두를 달리던 조연홍이 빽 소리치며 다급히 멈춰섰다.

뒤따르던 사람들도 황급히 걸음을 멈추고 앞을 바라보았다.

뿌연 먼지 사이로 널브러져 있는 시신이 보였다.

거리가 제법 떨어져 있는데도 고약한 악취가 풍겼다. 아마도 살이 썩은 듯했다.

인상을 쓰고 있던 북야진이 의아한 표정으로 말했다.

"이상하군. 이곳에 사람이 들어온 지 얼마 되지도 않았는데 벌써 살이 썩다니."

"독에 당한 것 같아요."

"독?"

"맞아. 저들은 독에 당했다."

뒤쪽에서 무겁게 가라앉은 목소리가 들렸다.

사운평이 고개를 뒤로 돌렸다.

그는 천해문 사람들 중 가장 뒤로 처져 있었다. 막귀붕 일행을 견제하기 위함이었다.

그런데 말을 한 자는 막귀붕 일행 중 인상이 험상궂은 중년인이었다.

"독에 대해서 잘 알아?"

"친구들 중에는 나를 독귀(毒鬼)라고 부르는 놈도 있지."

"독귀? 그럼 당신이 독마수(毒魔手) 조항?"

"맞다. 내가 조항이다. 어린놈의 견문이 제법이군."

"독마수가 백독을 다룰 줄 안다는 말은 나도 들어봤지. 당신이 정말 조항이라면 저 앞에 독이 있는지도 알아볼 수 있겠군."

"안다면?"

"정말 안다면 무슨 독인지 말해봐."

"훗, 내가 왜 그걸 말해줘야 하지?"

사운평이 그를 빤히 쳐다보았다.

"살아서 나가고 싶으면 있는 재주 없는 재주 다 내놓아야 할 거야."

"흥! 지금 나를 위협하겠다는 거냐?"

"아직도 그렇게 모르겠어? 이 안에는 보물이 없어. 이곳은 보물은 커녕 수많은 기관이 설치된 지옥이야."

"그럼 뭐 하러 그 많은 사람들이 이곳에 들어왔단 말이냐?"

"거기에는 강호에서 모르는 비밀이 있어."

"비밀?"

"당신이 최대한 협조한다면 다 말해 주지."

"흥, 내가 그런 말 따위에 넘어갈 것 같으냐?"

사운평은 더 이상 조항을 상대하지 않고 막귀붕을 바라보았다.

그가 알기로 독마수 조항은 막귀붕과 의형제지간이었다. 막귀붕을 움직인다면 조항도 따라올 수밖에 없었다.

"나에게는 당신이 욕심내는 물건이 없소. 없는 물건 욕심 내지 말고 일단 빠져나가는 것부터 신경 쓰는 게 어떻소?"

"정말 사람들이 보물이 아닌 다른 비밀 때문에 이곳에 들어왔단 말이냐?"

"사실이오."

"좋다, 그럼 그 이야기부터 해봐라. 믿을 만한 이야기라면 우리도 최대한 협조하지."

사운평은 먼저 삼비와 삼룡의 관계를 간략하게 설명해 주었다.

"……그래서 삼비 중 하나인 천화궁이 이곳에 들어온 거요. 삼룡은 그들이 행여나 선조들의 유진을 얻을까봐 막으려는 거고."

"빌어먹을! 결국 있을지 없을지 알 수도 없는 무공 때문에 이 난리란 거군."

"그렇소."

"그런데 너희들은 왜 이곳에 들어온 거지?"

"살기 위해서. 삼룡과 무림맹에 완전히 포위되어서 도망갈 곳이라고는 이 안밖에 없었거든?"

"아무리 그렇다고 해도 이렇게 깊숙이 들어올 필요가 있을까?"

사운평이 어깨를 으쓱하고 아쉬운 표정으로 말했다.

"혹시 은자 백 냥 있소? 이건 진짜 고급 정보여서 공짜로는 말해 줄 수 없는데……."

천해문 사람들의 시선이 일제히 사운평을 향해 쏠렸다.

맙소사! 이 판국에도 돈타령이라니!

그런데 사운평이 한술 더 떴다.

"오늘은 사정이 특별하니 외상으로 하죠 뭐."

막귀붕이 마치 못 볼 것을 본 사람처럼 묘한 표정을 지었다.

'이 자식, 제정신이야?' 그런 표정.

그러든 말든, 사운평은 나름대로 진지하게 말했다.

"갈원이 그랬소. 지하 오 층 마지막까지 내려가야 다른 곳으로 통하는 비밀 통로가 있을 것 같다고 말이오."

"그게 사실이냐?"

"확률은 반반이지만, 최소한 없는 것보다는 낫지 않소?"

"만약 지하 오 층에도 탈출로가 없다면?"

"거, 재수 없는 말씀 마쇼!"

빽, 소리친 사운평이 막귀붕을 째려보았다.

막귀붕은 어이가 없어서 입이 반쯤 벌어졌다.

'뭐 이런 놈이 다 있어?'

속에서 불길이 확 솟구쳤다.

하지만 그가 입을 열 틈도 없이 사운평이 말했다.

"뭐, 정 다른 길이 없으면 별 수 없죠. 힘으로 뚫고 나가는 수밖에."

"너희들 힘만으로 말이냐?"

솔직히 막귀붕은 사운평의 생각이 가소로웠다.

비염추의 팔을 단칼에 자른 것은 굉장했지만, 그렇다고 해서 자신보다 강할 거라는 생각은 들지 않았다.

그런데 사운평이 말했다.

"등초력도 이겼는데, 못할 것도 없죠."

이 안의 누구보다 등초력을 잘 아는 사람이 막귀붕이다.

더구나 몇 달 전만 해도 사운평은 등초력의 상대가 되지 못해서 쫓겨 다니지 않았는가 말이다.

그랬던 놈이 그를 이겼다고?

'미친놈!'

사운평이야 그가 씹든 말든 신경도 쓰지 않았다.

"좌우간 중요한 것은 지금이오. 함께 할 거요, 말 거요?"

"안하겠다면?"

"그럼 별 수 없죠."

툭.

사운평이 엄지로 칼을 밀어 올렸다.

지금까지와 전혀 다른, 몸서리처질 정도의 싸늘한 기운이 그의 전신에서 피어났다.

두 눈에서도 푸르스름한 기운이 흘렀다.

부동명심천살공이 펼쳐진 것이다.

그리고 이어진 나직한 목소리.

"나는 앞길에 방해가 될 자를 놔두고 갈 생각이 없소. 내 칼을 무정하다 원망하지 마쇼."

막귀붕은 자신도 모르게 숨을 멈췄다.

가슴이 답답하고 손안에 땀이 차는 듯했다.

'뭐, 뭐야?'

그나마 그는 나았다.

조항은 사운평과 눈이 마주치자 온몸이 조여드는 기분이었다. 괴이하게도 손끝하나 움직일 수가 없었다.

그때 이연연이 말했다.

"오빠, 싸우지 마시고 다시 한 번 말씀해 보세요."

언제 그랬냐는 듯 사운평에게서 흘러나오던 가공할 기운이 흔적도 없이 사라졌다.

"어, 알았어. 마지막이오. 어떻게 하겠소?"

그제야 막귀붕이 침음을 흘리며 말했다.

"으음, 도와주면 우리에게도 어떤 대가가 있어야하지 않겠나?"

"섭섭하지 않게 드리죠."

"뭘……?"

"우리 천해문의 주업은 청부업이오. 천하제일 해결사를 지향하죠."

"처, 청부업?"

"사실 이번에 여길 온 것도 청부 때문이오. 그러니 우리 일을 돕는다면 당연히 그에 대한 대가를 받아야하지 않겠소?"

막귀붕은 어이가 없었다.

자신이 그럼 일개 청부업을 하는 놈과의 기싸움에서 눌렸단 말인가?

그때 문득 등초력과 싸워서 이겼다고 했던 말이 떠올랐다.

사실일까?

사실인지 아닌지는 아직 모른다. 다만 조금 전의 상황만 본다면 사실일 가능성도 전혀 없지는 않았다.

"그러니까…… 수당을 주겠다?"

"그렇소. 싫소?"

겨우 숨통이 트인 조항은 이래저래 자존심이 상했다. 그래선지 묻는 말투에서 짜증이 잔뜩 묻어나왔다.

"얼마나 주겠다는 거냐? 설마 푼돈 몇 냥 던져 주겠다는 건 아니겠지?"

"둘 합해서 백 냥."

백 냥?

조항은 눈살을 살짝 찌푸렸다.

마음에 들진 않지만 아주 나쁜 것도 아니다. 은자 백 냥이면 일 년은 넉넉하게 생활할 수 있으니까.

더구나 조금 전의 기세를 생각하면 거부할 만한 상황도 아니었고.

'그래도 아주 쫀쫀한 놈은 아니군.'

하지만 사운평의 말은 아직 끝난 것이 아니었다.

"물론 금자로 계산해서."

"그, 금자…… 백 냥?"

"싫으면 마쇼. 더는 줄 수 없으니까."

결국 막귀붕과 조항은 사운평 일행을 돕기로 했다.

꼭 수당 때문만은 아니라고 했지만, 영향이 전혀 없진 않았다.

금자 백 냥이면 은자 이천 냥이다.

강도질이나 도둑질하지 않는 이상 단 시일 내에 그만한 돈을 어디서 번단 말인가?

조항에게도 자신의 몫인 금자 오십 냥은 거금이었다.

있는지 없는지도 모르는 보물보다 차라리 나을 수도 있었다.

"청살귀진독(靑殺鬼眞毒) 같군."

바닥을 살펴보던 조항이 말했다.

"바닥에 뭔가가 탄 그을음이 있는 것 같은데요."

조연홍의 말에 조항이 고개를 끄덕였다.

"맞아. 독을 불로 태운 것처럼 보인다. 그런데 일반적인 불이 아닌 것 같군. 뭐랄까, 강력한 극양의 기운으로 태워버렸다고나 할까?"

그 말에 사운평이 눈빛을 빛냈다.

"천화궁 사람들이 극양기로 태워버렸나 보군."

"사람이 청살귀진독을 태워버릴 정도의 극양기를 지닐 수 있단 말이냐?"

"천화궁이라면 가능하오. 그보다 독이 어디까지 살포되어 있소?"

"바닥에 있는 독은 대부분 태운 것 같다. 나중에 가라앉은 독이 미량 남아 있는데, 그 정도로는 우리를 위협할 수 없을 거다."

"다행이군요."

사운평은 독에 대해서 명쾌한 답을 내리는 조항을 흐뭇한 마음으로 바라보았다.

'본 문에 독의 전문가가 한 사람쯤 있는 것도 나쁘지 않겠어.'

* * *

막귀붕이 벽을 억지로 부순 후부터 삼비총의 구조가 불안정해졌다.

조금만 큰 충격이 가해져도 천장이 무너지려고 하는 것이다.

하지만 정작 구조를 뒤트는 일은 다른 곳에서 터졌다.

콰르르르르릉! 쿠구구구궁!

커다란 굉음이 삼비총 전체를 뒤흔들었다.

흔들림이 얼마나 큰지 사람이 서 있기도 힘들 정도였다.

"뭐, 뭐야?"

"무슨 일이지?"

"이러다 무덤이 무너지는 거 아냐?"

겨우 버티고 있던 천장이 곳곳에서 무너지고, 벽조차 금이 쩍쩍 가서 언제 무너질지 모를 지경이다.

삼비총 안에 들어와 있던 사람들은 불안한 표정으로 주위를 둘러보았다.

마치 그들의 우려에 대한 대답이라도 하듯 천장에서 돌조각이 떨어졌다.

처음에는 손톱만 한 돌들이. 그러다 나중에는 주먹만 한 돌이 떨어지고, 끝내는 천장의 거대한 구조물이 천둥소리를 동반한 채 밑으로 가라앉기 시작했다.

콰르릉! 쩌저저적!

"천장이 무너진다!"

"어떤 새끼가 아까 무너진다고 했어? 말이 씨가 됐잖아!"

"지금 그걸 따질 때야? 뛰어! 피해야 돼!"

"으악!"

"여기에 더 있다가는 다 죽는다! 밖으로 나갈 길을 찾아!"

공황상태에 빠진 무사들은 안전한 곳을 찾아서 사방팔방으로 뛰어다녔다.

그 와중에 천장에서 떨어진 돌덩이에 맞아 죽는 자가 속출했다. 때로는 대여섯 명이 한꺼번에 매몰되었다.

공포가 욕망마저 집어삼켰다.

"일 층으로 올라가는 입구가 막혔다!"

"위쪽이 완전히 무너졌어!"

밖으로 나가려던 자들의 절망에 빠진 목소리가 삼비총을 뒤흔들었다.

바로 그 시각.

사운평 일행은 지하 사 층의 갈림길에서 고민하고 있었다.

하지만 그들은 오래 고민할 필요가 없었다.

상부에서부터 가해진 충격은 지하 이 층을 거쳐서, 삼 층, 사 층까지 이어졌다.

사 층에도 돌조각이 우수수 떨어지고, 때로는 사람 몸뚱이만 한 돌덩이들이 떨어졌다.

"빌어먹을! 이러다 꼼짝없이 생매장 당할지 모르겠군."

"잔소리 말고 길을 찾아봐!"

"저기 지하로 내려가는 곳이 있습니다, 대형!"

조연홍이 초롱불로 앞을 가리키며 소리쳤다.

저 앞 통로 끝쪽에 지하로 내려가는 시커먼 통로가 보였다.

"내가 앞장설 테니 따라와!"

칼에 공력을 잔뜩 주입한 사운평이 앞장서서 입구를 향해 달렸다.

지금까지의 상황으로 보면 지하로 내려가는 입구 근처에 기관이 설치되어 있을 가능성이 컸다.

그러나 일일이 조사할 시간이 없었다.

기관을 찾는답시고 시간을 보내다가 돌덩이에 맞아 죽으나 기관에 죽으나 죽는 것은 매한가지. 아니 수천 근이나 되는 돌덩이에 깔리는 것보다는 차라리 기관을 상대하는 게 더 나았다.

몸을 날린 사운평이 입구를 이 장 정도 남겨 놓았을 때였다.

티디디딩!

비파를 튕기는 소리와 함께 어린아이 팔뚝 굵기의 창날이 좌우 석벽에서 튀어나왔다.

"타앗!"

사운평이 일성 기합을 토해내며 칼을 휘둘렀다.

시퍼런 도강이 그물처럼 퍼지면서 그의 몸을 휘감았다.

쩌저저저정!

단단하기 이를 데 없는 무쇠창날 수십 개가 나무젓가락처럼 잘려 나갔다.

단숨에 무쇠창날을 잘라버린 사운평은 입구에 서서 돌아섰다.

쿠구구구궁!

마침내 천장이 통째로 내려앉고 있었다.

"빨리 와!"

천해문 사람들은 입구를 향해 몸을 날렸다.

막귀붕과 조항도 창백하게 질린 표정으로 달렸다.

그때 천장에서 거대한 돌덩이가 내려왔다. 가로세로 다섯 자 크기로 수천 근은 나갈 듯했다.

"내가 막을 테니 어서 가!"

궁탁이 소리치며 두 손을 들어서 천장을 받쳤다.

밑으로 내려오던 거대한 돌덩이가 더 이상 내려오지 않고 멈췄다.

그 사이 다른 사람들은 위험지대를 빠져나갔다.

바로 그때, 사람 몸뚱이만 한 돌덩이 하나가 북야설의 머리 위로 떨어졌다.

그녀의 뒤를 따라가던 위지강이 그 광경을 보고 눈을 부릅떴다.

"조심해!"

그는 반사적으로 손을 뻗어서 북야설을 밀치고는 떨어지는 돌덩이를 어깨로 들이받았다.

퍽!

그가 비록 절정 고수라 해도 천장에서 떨어지는 천 근 돌덩이를 어깨로 들이받고도 무사할 수는 없었다.

와직!

마른가지 부서지는 소리가 온몸에서 울렸다.

그래도 그 덕분에 돌덩이가 옆으로 방향을 틀어서 더 이상의 부상은 없었다.

이를 악문 위지강은 입구를 향해 달리는 걸음을 멈추지 않았다.

그에게 밀렸던 북야설이 고개를 돌려서 위지강을 바라보았다.

차갑게 가라앉아 있던 그녀의 눈동자가 잘게 흔들렸다.

위지강이 아니었다면 저 커다란 돌덩이가 자신의 머리 위로 떨어졌을 것이다.

과연 무사했을까?

천음빙백공(天陰氷魄功)은 현재 팔성의 경지. 호신강기가 절로 발동되어서 몸을 보호하는 경지가 아닌 이상 중상을 면하기 힘들었을게 분명했다.

'어깨뼈가 부서진 것 같은데…….'

"궁 형! 빨리 와요!"

사운평이 지하로 내려가는 입구에서 소리쳤다.

궁탁이 천장을 받쳤던 손을 놓으면서 몸을 굴렸다.

콰광!

간발의 차이로 돌덩이를 벗어났다.

그러나 천장의 그 돌덩이가 떨어지자 다른 돌덩이들도 떨어지기 시작했다.

벽도 무너졌다.

궁탁은 크고 작은 돌덩이를 쳐내면서 사력을 다해서 몸을 날렸다.

＊　　＊　　＊

콰르르르르릉.

지진이라도 난 듯 왕옥산 일대가 흔들렸다.

특히 삼비총의 상단은 눈에 보일 정도로 요동치면서 금방이라도 무너질 것처럼 흙과 바위더미가 쏟아져 내렸다.

삼비총 통로 앞쪽에서 대치하고 있던 삼룡과 무림맹, 강호 곳곳에서 몰려온 군웅들은 뜻하지 않은 변고에 우왕좌왕했다.

"헉! 어떻게 된 거지?"

"무덤이 무너진다!"

"맙소사!"

쿠과과광! 콰과과과광!

끝내 통로마저 무너졌다.

안색이 해쓱하게 질린 사람들은 싸움도 잊고 아연한 표정으로 삼비총을 바라보았다.

안에 들어간 사람들의 숫자만 해도 수백 명.

그들은 어떻게 되었을까?

저 속에서 몇 명이나 살아나올 수 있을까?

만약 자신들이 저 안으로 들어갔다면?

부르르르.

기를 쓰고 안으로 들어가려 했던 사람들은 자신도 모르게 몸을 떨었다.

이제는 자신들의 앞을 막아선 자들에게 고마워해야할 판이다.

싸울 이유가 사라진 그들은 눈치를 보면서 빠르게 뒤로 물러났다.

"어떻게 된 일인지 알아봐라!"

"나무아미타불 관세음보살."

"무덤에서 물러서!"

천의산장 사람도, 무림맹 제자도, 뒤늦게 뛰어든 군웅도 모두가 당황해서 동분서주했다.

그때 멀리서 그 광경을 바라보던 중년인이 비릿한 조소를 지으며 돌아섰다.

'이제 시작일 뿐이야.'

*   *   *

두 개 있던 초롱불 중 하나가 부서져서 이제는 조연홍이 갖고 있는 것만 남았다.

목숨이 오락가락 했던 상황을 생각하면 그나마 하나라도 남은 게 다행이었다.

"연연아, 괜찮아?"

"저는 괜찮아요. 다른 분은 어때요?"

"소강과 궁형이 조금 다쳤어. 다른 사람들이야 뭐 상처라고 할 수도 없고."

위지강은 왼쪽 어깨뼈가 부서졌다. 궁탁은 뼈가 부서지진 않았으나, 떨어지는 돌덩이를 몸으로 견뎌내다 보니 제법 큰 충격을 받아서 안색이 창백했다. 조항과 예리상도 자잘한 상처를 입었고.

남들 기준에서는 걱정될 정도의 부상이지만 사운평의 기준으로는 그저 그런 상처였다.

더구나 위지강은 찬바람이 쌩쌩 불던 북야설에게 고맙다는 말을 들었으니 큰 손해는 아니었다.

"고마웠어요."

"별 말씀을. 제가 아닌 누구라도 그렇게 했을 거요. 사실 저보다는 궁 형이 더 수고를 하셨지요."

"글쎄요. 아마 누군가였다면 절대 안했을 거예요. 연매가 위험에 처했다면 또 몰라도."

"하, 하, 하."

위지강이 멋쩍은 웃음을 지으며 사운평을 힐끔 살펴보았다.

사운평은 그녀의 말을 신경 쓰지도 않고 이연연만 돌보았다.

"다친 곳 있으면 말해. 나에게 약이 조금 있으니까."

"저는 정말 괜찮아요. 호우 아저씨가 떨어지는 돌들을 막아주었거든요."

"그래? 그렇다면 다행이고."

'정말 무던한 사람이야.'

쓴웃음을 지으며 몸을 돌리려던 위지강의 얼굴이 와락 일그러졌다.

'으윽.'

갇힌 것만 해도 막막한 판에 뼈가 부러져서 큰일이다.

그나마 왼팔을 다친 게 다행이랄까?

그때 주위를 살펴보러간 조연홍이 돌아왔다.

"곳곳이 무너져서 뚫고 나가기가 쉽지 않을 것 같습니다, 대형."

"제기랄. 갈수록 태산이군."

사운평이 투덜거리자, 굳은 표정으로 서 있던 막귀붕이 이마를 찌푸렸다.

"갑자기 무덤이 붕괴되다니. 이해할 수가 없군."

"이상할 것 없소. 누군가가 원했다면 충분히 일어날 수 있는 일이오."

"고의로 무너뜨렸단 말인가?"

"가능성은 반반이오. 누가 벽을 무너뜨리는 바람에 연쇄적으로 무너진 것일 수도 있으니까."

멈칫한 막귀붕이 사운평을 쏘아보았다.

─당신들 때문이야!

마치 그렇게 들린 것이다.

"그 일로 붕괴되었다고 보기에는 무너진 곳이 너무 광범위하네."

"나도 그래서 누군가가 고의로 무너뜨렸다고 보는 것이오."

"의심 가는 자라도 있나?"

"설마 이렇게 무너뜨릴 줄은 생각도 못 했지만, 수상한 수작을 부릴지 모른다는 건 감지하고 있었소."

"수상한 수작?"

"안으로 들어간 사람들을 좋아하지 않는 자들이 있는 것 같았소? 누군지는 나도 모르니까 궁금해도 더 묻지 마쇼."

그걸 조사하는 것이 자신의 할 일이다.

이곳을 나가지 못한다면 모든 일이 공염불로 끝나겠지만.

'어떤 개자식들인지 몰라도 가만두지 않겠어!'

사운평은 두 눈에서 새파란 살기를 번뜩이며 이를 갈았다.

하마터면 죽을 뻔했다.

자신은 물론 연연이까지!

청부를 떠나서 반드시 그 대가를 받아내고야 말리라!

막귀붕은 그의 표정을 보고 더 묻지 않았다. 답을 듣는다고 해서 무너진 무덤이 복구될 것도 아니니까.

"좌우간 이제 큰일이군. 꼼짝없이 갇혔어."

"그래도 오 층은 무너지지 않은 곳이 많으니 일단 살펴보도록 하죠."

어느새 표정을 다스린 사운평이 조연홍을 바라보았다.

"연홍, 앞장서라."

"예, 대형."

"연연이는 내 옆에 바짝 붙어 있어."

"예, 오빠."

호우까지 자동으로 따라와서 사운평의 곁에 바짝 붙어 섰다.

사운평은 찰거머리처럼 달라붙는 호우에게 불만이 많았다. 그러나 조금 전처럼 연연이가 위험할 때 자신이 미처 도와주지 못할 수도 있기 때문에 떼어놓지 않았다.

"호우 형은 연연이의 뒤를 잘 지키쇼."

"어."

第七章

대가와 방법

　오 층도 무너진 곳이 제법 많았다. 없는 길도 뚫고 갈 수 있는 천하의 도둑, 조연홍이 전진하기가 쉽지 않다고 할 정도.

　다른 사람들은 걱정이 앞섰지만 사운평은 오히려 그 말을 듣고 표정이 밝아졌다.

　뚫고 나가기 쉽지 않다는 것은, 어려움이야 있겠지만 뚫고 나갈 수 있다는 말이 아닌가 말이다.

　사운평의 생각대로 조연홍은 어려움을 극복하며 통로를 개척했다.

　천장과 벽이 무너지며 생긴 좁은 틈새를 호리호리한 몸매로 잘도 빠져나갔다.

　그러나 예리상을 제외한 다른 사람들은 조연홍처럼 마른 몸매가 아니었다.

문제는 무너진 돌덩이를 마음대로 들어낼 수 없다는 점이었다.

잘못 들어내면 무게를 이겨내지 못한 커다란 돌덩이들이 위에서 쏟아질지 몰랐다.

결국 그들은 돌덩이를 무 베듯 깎아내서 최대한 충격을 줄인 채 좁은 틈새를 넓혔다.

무사가 공력을 십성 끌어올려서 돌이나 깎는다는 게 마뜩치 않았지만 어쩌겠는가? 일단은 살아서 나가는 게 먼저인데.

이래저래 십여 장을 전진하는데 이각은 걸린 듯했다.

우르르릉.

가끔씩 머리 위에서 천둥소리가 울어댔다.

그때마다 사람들은 등골이 오싹했다.

그렇게 이십 장 정도 전진했을 때였다.

쿠궁! 와르르르.

앞에서 천둥과 벼락 떨어지는 소리가 연이어 들렸다.

사운평 일행은 걸음을 멈추고 앞을 바라보았다.

삼 장 정도 앞쪽, 천장과 벽이 반쯤 무너진 어둑어둑한 곳에서 먼지가 확 피어났다.

그리고 자잘한 돌멩이와 함께 사람의 목소리가 튀어나왔다.

"불빛입니다!"

"사람이 있을지 모르니 빨리 나가봐!"

곧 머리통만 한 돌덩이 두어 개가 발에 차여서 통로에 떨어졌다. 뒤이어 사람들이 틈을 비집고 통로로 빠져나왔다.

차례차례 통로로 나온 세 사람은 사운평 일행을 보고 바짝 긴장한 표정을 지었다.

온몸에 먼지를 뒤집어쓴 세 사람 중 둘은 삼십 대 중반의 장한이고, 한 사람은 오십 대의 초로인이었다.

옷이 찢기고 피가 나는 곳도 있었지만 큰 부상은 아닌 듯했다.

그들 중 코끝에 커다란 점이 있는 초로인이 막귀붕을 알아보고 눈이 커졌다.

"이게 누구야? 막 형 아닌가?"

"낙 형도 살아 있었군."

응전일마(鷹戰一魔) 낙수교. 마도의 절정 고수.

무공은 막귀붕보다 약간 아래였지만 정파의 고수들이 치를 떨 정도로 손속이 독한 자였다.

"운이 좋았지. 다만 예비로 갖고 있던 횃대를 잃어버려서 고생 좀 했다네."

"다른 사람들은?"

"위쪽은 심하게 무너져서 바위에 깔려 죽은 사람이 많네. 아마 위로 올라간 사람들도 무사하지 못했을 거야. 붕괴가 위부터 시작되었으니까."

마치 그의 말에 대답이라도 하듯 뭔가가 천장의 갈라진 틈 사이에서 뚝뚝 떨어졌다.

시뻘건 핏물이었다.

사람들의 마음도 바닥에 고이는 핏물만큼이나 축축해졌다.

"그런데 저 꼬마들은 뭔가?"

낙수교가 턱을 치켜들며 물었다.

막귀붕은 묘한 표정을 지으며 사운평을 돌아보았다.

꼬마라는 말에 기분 좋을 사운평이 아니었다. 말도 당연히 삐뚤어지게 나왔다.

"나이도 먹을 만큼 먹은 양반이 뭐 처먹을 게 있다고 여기에 들어와서 개고생 하는지 모르겠군."

"……."

낙수교는 자신의 귀가 잘못되지 않았는지 의심했다.

설마 자신에게 한 말은 아니겠지?

그런 생각도 해 보았다.

하지만 그는 제대로 들었고, 그에게 한 말인 것도 분명했다.

사운평이 그 사실을 확인해 주었다.

"인사 끝났으면 좀 비켜주시지?"

"꼬마야, 지금 나에게 한 말이냐?"

낙수교가 코끝을 씰룩이며 말했다. 코끝에 있는 점이 마치 따로 떨어져서 흔들리는 것처럼 보였다.

"거기에 당신들 말고 또 누가 있는데?"

"홋, 애새끼가 막 형을 믿고 설치나 본데, 그러다 주둥이 찢어지고 후회하지."

낙수교는 함부로 주둥이를 놀리는 놈의 입을 찢어버리고 싶었다. 그러나 막귀붕의 일행이기에 꾹 참았다.

"연홍, 그만 가자. 요즘은 입을 찢어버리고 싶어 하는 사람들이 꽤 많군. 그러다 애새끼한테 맞으면 어쩌려고."

사운평은 조연홍에게 눈짓을 보내고 앞으로 걸음을 옮겼다.

낙수교의 눈빛이 새파랗게 번뜩였다.

'이 찢어죽일 놈이!'

마침 놈이 가까이 다가온다. 막귀붕은 끼어들 마음이 없는지 태연하다.

낙수교는 가만히 주먹을 움켜쥐었다 폈다.

철판조차 찢어버린다는 그의 손가락이 먹이를 움켜쥐기 직전의 독수리 발톱처럼 펴졌다.

'오냐, 이놈. 네놈의 입을 제대로 찢어주마.'

사운평은 낙수교를 빤히 바라보며 다가갔다.

조연홍이 초롱불을 들고 바로 뒤를 따라갔다.

거리가 일 장까지 좁혀진 순간, 낙수교가 스윽 왼발을 내딛었다. 동시에 독수리 발톱처럼 펴진 손이 푸르스름한 살기를 흘려냈다.

그때 언뜻 사운평의 입꼬리 끝이 치켜 올라갔다.

낙수교의 눈에는 그 모습이 씩 웃는 것처럼 느껴졌다.

왠지 모를 섬뜩함을 느낀 낙수교는 자신의 자랑인 청마혈조를 펼치려다 멈칫했다.

그러고 보니 제자리에서 흥미로운 눈빛으로 쳐다보는 막귀붕의 태도도 이상했다.

하지만 무슨 상관이랴. 어차피 저 괘씸한 놈의 입을 찢어놓기만 하면 될 것을.

멈칫한 시간은 찰나였다. 기껏해야 앞으로 내딛은 발이 땅에 닿을 시간.

그는 청마혈기가 응집된 독수리 발톱 같은 오른손으로 사운평의 목을 잡아갔다.

그런데…….

턱.

분명히 상대의 목을 움켜쥐기 직전이었는데 손이 멈췄다.

자신이 멈춘 것이 아니다. 상대가 자신의 손을 잡았다. 강력한 청마혈기가 실린 오른손을.

"이……!"

낙수교가 눈을 치켜뜬 순간.

우드득.

낙수교의 손가락 두 개를 잡은 사운평이 찰나의 망설임도 없이 잡은 손가락을 꺾어버렸다.

그러고는 벼락처럼 오른발을 뻗었다.

낙수교는 왼손으로 사운평의 발을 막으려했지만, 그때는 이미 사운평의 발이 복부에 깊숙이 박힌 후였다.

퍽!

"크헉!"

낙수교는 눈을 홉뜨고 입을 쩍 벌렸다.

뼈가 부러진 손가락에서 시작된 극렬한 고통이 뇌리를 후려쳤다.

그뿐이 아니었다. 숨이 턱 막히고, 쩍 벌어진 입에서 파열된 내장이 모조리 쏟아질 듯했다.

허리가 새우등처럼 구부러진 그는 자신의 의사와 상관없이 저절로 무릎을 꿇었다.

그는 급히 흐트러진 공력을 끌어 모았지만, 뭔가 잘못 되었는지

한 줌의 공력도 움직이지 않았다.

'이, 이런 개 같은……!'

그는 자신이 처한 상황을 믿을 수가 없었다.

혹시 무덤의 돌덩이에 깔려서 정신을 잃었던 것이 아닐까? 그래서 지금 꿈을 꾸고 있는 것이 아닐까?

아니라면 자신이 어찌 저런 시건방진 놈 따위의 손에 당한단 말인가!

우웩!

별달리 먹은 것도 없는 그는 핏기 섞인 신물을 토해내고 고개를 들었다.

그때 입속으로 뭔가가 들어왔다.

그는 입안에 들어온 물체를 반사적으로 물었다.

무척 딱딱한 물체.

맙소사! 칼이다. 놈이 칼을 입안에 쑤셔 넣고 있다.

"내 입을 찢겠다고? 어디 누구 입이 찢어지는지 볼까?"

차갑게 느껴지는 담담한 목소리.

낙수교는 그 목소리에 소름이 돋았다.

입안에 칼을 집어넣은 놈의 목소리라고 하기에는 너무 담담했다.

등줄기를 타고 식은땀이 주르륵 흘렀다. 그때만큼은 꺾어진 손가락의 고통조차 느껴지지 않았다.

이놈은 정말 자신의 입을 찢어버리고도 남을 놈이다!

세상에 이런 악귀 같은 놈이 있었다니!

끼이이이.

칼이 입안으로 밀고 들어온다.

이로 힘껏 물고 고개를 뒤로 뺐지만 소용이 없었다.

더구나 저 무심한 눈빛.

'이 새끼는 사람 새끼가 아니야!'

난생처음 공포를 느낀 낙수교는 온몸이 파르르 떨렸다.

"잠깐만 기다리게!"

막귀붕이 급히 사운평을 말렸다.

겉으로는 태연하지만 가슴이 잘게 떨리고 있었다.

낙수교는 자신과 큰 차이가 나지 않는 절정 고수다. 아무리 방심했다지만 그런 고수가 단 일 수에 당하다니.

만약 조금 전에 자신이 끝까지 싸우려 했다면?

물론 자신은 사운평을 어느 정도 알고 있다. 그러니 낙수교처럼 쉽게 당하진 않았을 것이다. 좋은 결과를 기대할 수는 없었겠지만.

아니, 그것은 자신만의 생각이고, 어쩌면 비참하게 패했을지도 모른다.

"왜 그러쇼?"

"꼭 죽여야 하겠나?"

"나는 내 입을 찢어버리고 싶어서 안달 난 사람을 봐줄 생각이 없수."

막귀붕은 쓴웃음을 지었다.

낙수교와 아주 친한 사이는 아니다. 그래도 칼날 같은 강호에서 이십여 년을 살아가는 동안 교분을 나눈 몇 안 되는 사람 중 하나가 아닌가.

그로선 그간의 정을 생각해서라도 낙수교가 입이 찢어지며 죽어가도록 놔둘 순 없었다.

　"이곳에 들어온 사람치고 제정신인 사람이 몇이나 되겠나?"

　"그렇다고 해서 사람의 입을 생으로 찢을 생각을 하진 않죠."

　"낙 형의 손속이 독하긴 하지만 아주 악한 사람은 아니네."

　"기분 좀 상했다고 사람의 입을 찢으려는 사람이 악하지 않다면 어떤 사람이 악한 거요?"

　"제정신이 아닌 사람이 무슨 말을 못하겠나? 어쨌든 낙 형도 자신이 너무 심하게 말했다는 걸 이제 알았을 거네."

　사운평은 낙수교를 바라보았다.

　낙수교가 공포에 질린 표정으로 올려다보고 있었다.

　하지만 사운평은 그의 표정을 달리 해석했다.

　"그런 생각을 하는 사람의 표정이 아닌데요? 저를 죽일 것처럼 노려보고 있잖습니까?"

　그 말에 낙수교가 재빨리 눈을 내리깔았다.

　'개자식, 내가 언제 노려봤다고……'

　이 미친놈의 기분을 상하게 하면 진짜로 입이 찢어져서 죽을지 모른다.

　자존심 상한 걸 생각하면 그냥 콱 머리를 들이밀어서 입안에 칼을 박고 죽는 게 나을 듯싶었다.

　그러나 자존심보다는 삶의 욕구가 더 강했다.

　반면 막귀붕은 낙수교의 표정을 정확히 해석하고 등골이 서늘해졌다.

그토록 독하다는 낙수교가 호랑이를 만난 강아지처럼 공포에 질려 있다니.

"그럼 어떻게 하면 그를 살려줄 수 있겠나? 말해 보게."

"대가를 치른다면 막 선배를 생각해서 한번 생각해 보죠."

"어떤 대가를 바라는가?"

"만 냥. 물론 금자로."

"……."

막귀붕은 어이없다는 표정으로 사운평을 쳐다보았다.

죽느냐 사느냐 하는 판에 금자를 대가로 달라고 하다니.

더구나 금자 만 냥이 어디 길에서 돌아다니는 강아지 이름인가?

그래도 혹시 모르는 일. 그는 낙수교를 바라보았다.

황금 만 냥은커녕 열 냥도 없는 사람의 표정이다.

하긴 그가 아는 낙수교는 집도 절도 없는 사람이었다. 탈탈 턴다면 은자 열 냥이나 나올까?

"낙 형에게 만 냥을, 그것도 금자 만 냥을 내놓으라 하면 낙 형은 강도질을 적어도 수십 차례 해야 할 거네. 그걸 바라나?"

"나도 강도질해서 번 돈은 받고 싶진 않수."

"그리 생각한다니 다행이군. 다른 방법은 없겠나?"

사운평이 짐짓 고민하는 척하더니 넌지시 말했다.

"방법이 전혀 없는 것은 아닌데……."

"말해 보게."

"벌어서 갚으쇼."

"어떻게……?"

금자 만 냥이나 되는 돈을 언제 벌어서 갚는단 말인가?

그때 문득, 어떤 생각이 떠오른 막귀붕은 망치로 머리를 맞은 듯 멍한 표정을 지었다.

사운평이 그를 바라보며 입꼬리를 비틀었다.

"막 선배가 말렸으니 보증을 서쇼. 그럼 천천히 금액을 까나가죠."

"설마…… 청부 일을 하라고……?"

"그럼 다른 일을 해서 언제 그 돈을 법니까? 대신 수당은 넉넉히 쳐드리죠."

한마디로, 천해문의 일을 하라는 소리다.

아무리 수당을 넉넉히 쳐주어도 금자 만 냥을 갚으려면 십 년, 아니 평생이 걸릴지도 모른다.

결국 천해문의 하인으로 개처럼 일해서 돈을 갚으라는 말이다.

갚지 않고 도망가면 보증을 선 자신이 대신해야 하고.

아! 정말 몸서리 처지게 지독한 놈이 아닌가!

꼼짝없이 거미줄에 걸린 신세가 된 막귀붕은 이러지도 저러지도 못한 채 사운평과 낙수교를 번갈아보았다.

"싫으면 마쇼. 하긴 뭐 누가 목숨 걸린 일에 보증을 함부로 서겠수?"

사운평이 말하면서 쳐다보는데, 영락없이 '당신도 별수 없군.' 그런 눈빛이다.

막귀붕은 사운평이 진짜로 무섭게 느껴졌다.

"정말 그 방법밖에 없겠나?"

"싫으면 그냥 죽이게 내버려두든가."

"후우우."

막귀붕은 한숨이 절로 나왔다.

뒤쪽에 서 있던 조항의 눈이 튀어나올 것처럼 커졌다.

세상에! 염왕수 막귀붕이 한숨을 내쉬다니!

하지만 사운평은 표정 하나 변치 않고 마지막 못을 박았다.

"자괴감을 느끼실 필요는 없수. 사람이라면 누구나 자신부터 생각하는 법이니까. 아마 막 선배가 그런다고 해서 욕하는 사람은 없을 거요."

막귀붕도 더 버티지 못했다.

"좋네. 일단 낙 형의 의견부터 들어보세."

사운평의 눈이 낙수교를 향해 돌아갔다. 낙수교는 여전히 피를 흘리는 입으로 칼을 물고 있었다.

사운평이 칼을 입에 넣은 채 물었다.

"내 말을 다 들었을 테니 고개만 움직여서 대답하쇼. 그렇게 할 거요, 말 거요?"

움찔한 막귀붕의 표정이 일그러졌다.

낙수교에게 다른 방법이 있을지도 모른다. 그런데 고개를 끄덕이는 것과 젓는 걸로만 대답해야 한다면 그 말을 할 수 없지 않은가?

낙수교는 악귀 같은 애새끼의 하인처럼 지내느니 죽는 게 나았다.

그래서 고개를 저으려는데 그 애새끼의 눈과 마주쳤다.

조금 전과는 다른 눈빛. 괴이하게도 새파란 눈빛이다.

낙수교는 그 눈빛을 보는 순간 무의식중에 몸이 달달 떨렸다.

동시에 칼이 조금 더 안쪽으로 밀고 들어왔다.

낙수교는 반사적으로 고개를 끄덕였다.

칼이 멈췄다.

"좋습니다. 죽이는 게 나을 수도 있지만 오늘은 막 선배를 믿고 한 번 참죠. 근데 언제까지 물고 있을 거요? 이제 그만 입 벌리쇼."

낙수교가 꿈을 꾸는 표정으로 입을 벌렸다.

사운평이 칼을 거두어들이고 부러진 손가락을 놓았다.

그러고는 넋이 반쯤 빠진 표정으로 서 있는 두 장한을 바라보았다.

"당신들도 내 입을 찢어버리고 싶소?"

두 장한, 연산 일대에서 염라대왕처럼 군림하던 연산쌍마(連山雙魔) 두씨 형제는 기겁해서 황급히 고개를 저었다.

"아, 아닙니다, 공자!"

"무슨 그런 심한 말씀을……."

*　　*　　*

일 층과 이 층은 위에 쌓였던 엄청난 암석덩이들이 통째로 가라앉으면서 완전히 무너지다시피 했다.

그에 비해서 삼 층은 절반 이상, 사 층은 삼사 할 가량 무너졌다.

문제는 무너지지 않은 곳도 금이 쩍쩍 가며 갈라졌다는 것이다.

생존자들은 위로 올라갈 길이 사라지자, 갈라진 벽과 바닥을 부수었다.

그리고 낙수교와 연산쌍마처럼 밑으로 내려갔다.

독 오른 피바람이 점점 삼비총의 아래쪽으로 몰리기 시작한 것이다.

그 시각.

천화궁 사람들은 지하 오 층의 광장으로 진입하고 있었다.

처음 들어올 때에 비하면 숫자가 절반밖에 되지 않았다.

부궁주 나종악과 호궁호법 위안창, 백원양 등 주요 간부 다섯과 신화단원 여덟, 그리고 갈원까지 총 열네 명.

기관에 당한 데다 천장이 무너진 것까지 생각하면 그나마 반이라도 남은 게 다행이었다. 아마 오 층에 도착하지 못했다면 더 많은 희생자가 발생했을 것이다.

"이게 도대체 무슨 일이지?"

나종악이 돌덩이처럼 딱딱하게 굳은 표정으로 말했다.

"무덤 위쪽이 무너진 것 같네."

위안창이 입술을 씹듯이 말했다.

사람들의 시선이 일제히 갈원에게로 향했다.

갈원은 눈을 가늘게 좁히고 입술을 한 번 질끈 깨문 후 말했다.

"이번 붕괴는 자연적인 것이 아니오. 누군가가 고의로 무덤을 붕괴시켰소."

"확실한가? 기관이 작동해서 무너진 것은 아니고?"

"소리와 진동이 멀리서부터 시작되었소. 저 위쪽에서부터. 게다가 어느 한 곳이 아닌 전체적으로 충격을 받았소. 결코 자연적이거나 단순한 기관 작동으로 일어난 일이 아니오."

"제기랄."

나종악이 욕을 내뱉었다.

그때 먼지를 가득 뒤집어쓴 위안창이 침중한 표정으로 말했다.

"이러고 있을 때가 아니네, 부궁주. 어쨌든 우리가 원하는 곳까지 왔으니 안쪽을 살펴보세."

"예, 호법. 갈 대협, 앞장서시오."

백원양은 광장으로 들어가는 사람들을 바라보며 착잡한 표정을 지었다.

'과연 몇 사람이나 살아서 나갈 수 있을까?'

아무리 귀한 보물이 있다 한들 살아서 나가지 못하면 무슨 소용이란 말인가?

'그가 이번 일을 꾸민 자를 찾아내면 좋으련만⋯⋯.'

자신은 어차피 죽음을 각오하고 들어오지 않았는가. 범인의 정체를 밝혀서 딸과 천화궁이 무사할 수만 있다면 더 원이 없었다.

이제는 사운평을 믿는 수밖에.

하지만 사람의 운명을 읽는다는 천하의 백운선생도 사운평이 자신과 기껏해야 십여 장 떨어진 곳에 있을 줄은 꿈에도 생각지 못했다.

"아!"

광장 쪽에서 탄성이 터져 나왔다.

백원양은 상념을 접고 안으로 들어갔다.

광장 한쪽에 널려있는 백골이 보였다. 언뜻 봐도 수십 구는 될 듯했다.

나종악과 위안창이 백골을 향해 다가갔다.

먼지로 뒤덮인 백골의 복장은 가지각색이었다. 어느 한 문파의 사람만 있는 것이 아닌 듯했다.

삼비의 고수들이 함께 모여 있었던 건가?

그런데 그렇게 생각하기에는 무리가 많았다.

그들이 비록 비천문에서 출발했지만 어느 누구도 상대를 사형제로 인정하지 않았다. 그저 삼룡에 대항하기 위해서 서로 힘을 합쳤을 뿐.

설령 죽음을 눈앞에 두고 마음이 통했다 해도 이렇게 한자리에서 죽음을 맞이한다는 것은 결코 정상이 아니었다.

"이상하군요."

그동안 벙어리처럼 입을 다물고 있던 동방기가 눈살을 찌푸렸다.

나종악이 의아한 표정으로 물었다.

"뭐가 말인가?"

"시신이 한군데에 뭉쳐 있습니다, 부궁주."

"나도 그 점에 대해서는 이상하게 여기고 있네. 삼비의 선조들은 지금보다도 사이가 좋지 않았다고 들었는데 말이야."

그 말에 백원양이 고개를 저었다.

"사이가 좋아서 함께 있는 게 아니오."

"그럼……?"

"누군가가 시신을 옮겼소."

"아, 그래서 시신이 함께 있었나? 그런데 뭐가 그리 이상하다는 건가?"

"시신을 옮긴지 오래 되지 않았으니 이상할 수밖에 없잖소?"

조용히 듣고만 있던 위안창이 눈을 크게 떴다.

"뭐야? 자세히 말해 보게."

"당시의 선조들이 돌아가신 분들의 시신을 옮겼다면 의복과 뼈가 함께 있어야 합니다."

아주 간단한 이치다.

죽은 지 얼마 되지 않은 시신을 옮겼다면 옷 속에 뼈가 함께 있어야 한다. 죽은 후 살이 썩고 백골만 남으려면 오랜 시간이 걸릴 테니까.

하지만 앞에 뭉쳐 있는 시신의 태반은 시신의 뼈가 엉망으로 뒤엉켜 있었다.

백골만 남은 시신을 대충 옮겼다는 뜻.

"지난 백여 년 동안 아무도 들어오지 못했을 텐데, 누가 저 뼈를 옮겼는지 모르겠군요."

동방기가 이마를 잔뜩 찌푸리며 중얼거리듯 말했다.

백원양이 악다문 이에 지그시 힘을 주고 나직이, 깊게 가라앉은 목소리로 말했다.

"그런 일을 할 만한 부류는 하나밖에 없소이다, 공자."

"예? 대체 어떤 자들이……?"

"우리를 이곳으로 몰아넣은 자, 조금 전에 무덤을 무너뜨린 자."

"……"

"아마 그자는…… 삼비총으로 모여든 수많은 무사들마저 안으로 들어가게끔 했을 거요."

그 말을 들은 갈원이 어깨를 후드득 떨었다.

"제기랄. 그럼 이 무덤 안에 지옥이 펼쳐지겠군."

*　　　*　　　*

"으악!"

"웬 놈들이냐!"

"크억!"

빛 한 점 없는 어둠 속. 여기저기서 비명과 고함이 터져 나왔다.

먼저 죽이지 않으면 자신이 죽는다.

심장을 짓누르는 공포심이 사람들을 반쯤 미치게 만들었다.

땅! 번쩍!

무기와 돌조각이 부딪치며 빛이 번쩍였다.

사람들은 빛이 번쩍일 때를 놓치지 않으려고 감각을 최고조로 끌어올려서 재빨리 주위를 살펴보았다.

절정 고수들이야 기운을 앞과 좌우로 흘려보내서 장애물을 감지해낼 수 있다지만, 그러한 능력이 없는 사람들은 무기와 돌이 충돌할 때 생기는 빛에 의존하는 수밖에 없었다.

그들은 자신이 알지 못하는 자가 앞에 보이면 무조건 공격했다. 죽이지 못하면 자신이 죽으니까.

또한 말을 거의 하지 않았다.

목소리가 들리면 공격 목표가 된다. 죽고 싶지 않으면 숨소리조차 조심해야 했다.

퍼벅!

어둠 속에서 둔탁한 소리가 났다.

쾅!

누군가의 강력한 장력이 벽을 두들기자, 겨우겨우 버티던 벽과 천장이 충격을 받고 무너졌다.

콰르르릉!

"크아악!"

"살려줘!"

칠흑 같은 어둠 속에서 처절한 비명이 메아리쳤다.

어느 누구도 그들을 구하겠다는 생각을 하지 않았다. 구하기는커녕 자신이 서 있는 곳의 천장도 무너질까봐 바짝 긴장한 채 곤충의 더듬이처럼 신경을 곤두세웠다.

공포의 지옥!

관호는 이를 악물고 통로를 달렸다.

"밑으로 내려가야 합니다! 화섭자 남았으며 불을 붙여요!"

악종화가 마지막 남은 화섭자에 불을 붙이고 창백한 안색으로 뒤를 따라갔다.

천도맹 사람들은 사방으로 흩어져서 그들을 따라가는 사람은 세 명에 불과했다.

우르르릉.

사운평 일행은 머리 위에서 우렛소리가 들리자 걸음을 멈췄다.

먼지와 함께 돌조각이 투두둑 떨어졌다.

"제기랄. 어떤 놈들이 또 지랄을 떠는 거야? 이러다 다 무너지는 거 아냐?"

사운평이 투덜대자, 사람들이 곱지 않은 시선으로 그를 쳐다보았다.

―재수 없게!

―하여간 방정맞기는!

그런 눈빛으로.

하지만 그들은 사운평의 방정맞은 말에 신경 쓸 틈이 없었다.

스스스스. 우르르릉. 츠츠츠츠.

곤충들이 무리지어 기어가듯 스산한 소리가 사방에서 들렸다.

"여기저기서 개미떼처럼 몰려오는군."

사운평이 귀를 쫑긋 세우고 눈살을 찌푸렸다.

빛을 보고 모여드는 불나방이 따로 없다. 삼비총 여기저기 흩어져 있던 자들이 불빛을 보고 다가온다.

그렇다고 불을 끌 수도 없고…….

다른 사람들도 굳은 표정으로 좌우를 둘러보았다.

우당탕탕!

뒤쪽에서 갈라진 벽 한쪽이 무너지며 틈바구니를 비집고 여섯 사람이 튀어나왔다.

먼지를 뒤집어쓴 그들은 사운평 일행을 알아보고 놀란 표정을 지었다.

"헛! 네놈들은……?"

영락없이 패잔병처럼 보이는 자들, 다름 아닌 천의산장의 고수들이었다.

갑작스런 그들의 등장에 사운평이 눈살을 찌푸렸다.

'제길, 귀찮게 됐군.'

그들이 전부가 아니었다.

뒤쪽의 꺾어진 통로 안쪽에서 발자국 소리가 들려왔다.

천의산장 고수들은 뒤쪽에서 인기척이 들리자 사운평 일행의 눈치를 보며 고개를 돌렸다.

대여섯 명이 구비를 돌아 나왔다.

흐트러진 복장. 나이대가 각양각색이다. 맨 나중에 들어온 군웅 중 일부인 듯했다.

그들은 앞을 막고 서 있는 자들이 천의산장 고수들임을 알고 살기 띤 눈빛을 번뜩였다.

"천의산장의 떨거지들이 용케도 살아남았군."

염소처럼 몇 가닥 수염이 길게 뻗은 중년인이 조소를 지으며 입꼬리를 비틀었다.

그는 황하 일대에서 마명이 쟁쟁한 살혼쌍검(殺魂雙劍) 중 첫째, 홍명이었다.

홍명의 옆에는 그와 비슷한 생김새의 중년인이 서 있었다. 그는 홍명의 동생인 홍위로, 독심과 무공 모두 형보다 한 수 위라는 평가를 받고 있는 마도의 절정 고수였다.

천의산장 무리 중에서도 한 사람이 나서며 냉랭히 코웃음 쳤다.

"흥! 네놈들이야 말로 운이 좋았구나. 하지만 그 운도 이제 끝난 것 같구나."

"너 따위에게 그런 말 들으려고 이곳에 온 것이 아니다, 오선당!"

홍명이 소리를 내지르며 득달같이 달려들었다.

그의 좌우에 서 있던 자들도 언제든 상대를 공격할 수 있도록 공력을 집중시키고 홍명의 뒤를 따라 움직였다.

고수들에게 이 장 거리는 한 걸음에 불과했다.

쉬악!

후우웅!

홍명과 오선당이 서로를 죽이기 위해서 일격필살의 의지로 검을 뽑고 쌍장을 휘둘렀다.

두 사람의 실력은 막상막하로, 아마 평상시였다면 승부가 날 때까지 한 시진 이상 걸렸을지도 모른다.

하지만 좁은 통로, 어둑한 환경은 쌍장의 위력보다 벼락처럼 빠른 쾌검에 더 유리했다.

푹!

삼 초의 공방 만에 홍명의 검이 오선당의 어깨를 꿰뚫었다.

"크읍!"

다급히 뒤로 물러서는 오선당의 입술 사이를 비집고 신음이 터져 나왔다.

"오 호법!"

천의산장 고수들 쪽에서 대경한 외침과 함께 두 사람이 나섰다.

그때를 기다렸다는 듯 홍위가 홍명의 곁을 스치고 앞으로 나가며 검을 뽑었다.

순식간에 좁은 통로에서 난전이 벌어졌다.

좁은 곳에서 절정 고수들이 싸우니 금이 가있던 벽이 그 여파를 견뎌내지 못했다.

쿠르르릉.

벽과 천장이 짜증을 내듯 우렛소리를 내지르자, 싸움을 구경하고 있던 자들은 혼비백산했다.

"저 사람들이 미쳤나? 멈춰!"

사운평이 버럭 소리쳤다.

싸우던 자들도 뒤늦게 자신들의 실수를 깨닫고 급히 물러나서 해쓱하게 질린 표정으로 천장과 벽을 둘러보았다.

눈을 치켜뜬 사운평이 그들을 노려보았다.

"죽고 싶어 환장했어? 죽고 싶으면 한쪽으로 가서 조용히 입에 칼을 박고 혼자 죽을 것이지, 왜 여기서 지랄염병을 떠는 거요?"

반 존대에 욕설이 뒤섞인 묘한 말투.

오선당 등 천의산장 사람들은 불쾌한 표정만 지었을 뿐 아무 말도 하지 않았다.

그들은 저 낯짝 번지르르한 젊은 놈이 얼마나 무서운 놈인지 잘 아는 것이다.

사운평 일행이야 그러려니 했고.

어디 한두 번 들어봤나?

그러나 홍명은 사운평에 대해서 알지 못했다.

새파란 놈에게 그런 말을 듣고 참을 정도로 성격이 좋은 편도 아니었고.

"마빡에 피도 안 마른 어린놈이 싸가지가 없군."

"걱정 마. 그래도 똥인지 된장인지도 모르고 미쳐 날뛰는 작자보다는 나으니까."

"뭐야? 이 찢어 죽일 놈이……."

"찢어 죽여? 조금 전에도 그런 식으로 말하다가 한 사람이 골로 갈 뻔했는데, 그렇죠?"

사운평이 태연히 말하며 뒤를 돌아보았다.

낙수교의 얼굴이 일그러졌다.

'빌어먹을.'

막귀붕도 가슴이 뜨끔했다. 자신도 사운평과 싸웠다면 낙수교 꼴이 되었을 가능성이 컸다.

'하마터면 더러운 꼴을 당할 뻔했군.'

그때 이연연이 넌지시 물었다.

"오빠, 어떻게 하실 거예요?"

그녀는 의외라 할 정도로 담담했다.

하늘이 무너져도 흔들리지 않을 것 같은 표정, 어둑한 곳임에도 범접할 수 없는 도도함이 느껴지는 눈빛.

사람들은 자신도 모르게 입을 닫고 그녀를 주시했다.

"어떡하긴? 그래도 싸우겠다면 죽든 말든 놔두고 가야지."

"더 싸우면 다른 곳까지 무너질지도 몰라요."

"그거야 어쩔 수 없지. 어쨌든 이곳을 떠나야 살아날 확률이 높아지잖아?"

"그래도 다른 사람들이 싸우지 않으면 그 확률이 더 높아지지 않겠어요?"

말은 자신에게 하지만 주위 사람들에게 들으라는 소리다.

'당신들! 싸움을 멈춰야 살 수 있어!' 그런 뜻.

어렴풋이 이연연의 내심을 읽은 사운평이 고개를 주억거렸다.

"흠, 연연이 말이 맞아."

다시 고개를 돌린 그가 뻘쭘하게 서 있는 정사의 고수들을 둘러보았다.

"싸우다 죽을 것인지, 아니면 이곳을 탈출할 때까지 만이라도 휴전을 할 것인지 당신들이 택하쇼."

그때 홍명이 사운평 일행 속에 섞여 있는 두 사람을 발견하고 눈을 홉떴다.

"염왕수 막 형과 응전일마 낙 형이 아니시오?"

"지금은 인사를 나눌 때가 아닌 것 같군."

낙수교가 먼저 짜증이 섞인 목소리로 말을 돌렸다.

이런저런 말을 하다 보면 '골로 갈 뻔했던 사람' 이 자신이라는 걸 알게 될지도 모를 일이다.

그때까지도 상황 파악을 못한 홍명이 다시 물었다.

"저 새파란 애송이와는 어떤 사이요?"

"지금 그게 중요한가?"

"아니, 꼭 그리 것은 아니오만……."

이번에는 막귀붕이 낙수교를 거들었다. 자신의 처지도 낙수교와 크게 다르지 않았다.

"여기서 이럴 시간이 없다. 언제 천장이 붕괴될지 모른다. 더 싸울 것이 아니라면 빠져나갈 길을 찾아보는 게 좋겠군."

천의산장 고수들은 사운평 일행 속에 염왕수와 응전일마가 끼어있다는 사실을 알고 표정이 굳어졌다.

사운평이 그들을 향해 말했다.

"당신들은 어떻게 할 거요? 싸울 거요, 말 거요?"

누군들 돌덩이에 깔려서 죽고 싶을까?

천의산장 사람들 중 하나가 헛기침을 하며 답했다.

"험험, 먼저 공격하지만 않으면 우리도 싸울 생각이 없다."

"그래요? 그럼 더 말할 것도 없네. 연연아, 그만 싸운단다. 이제 가자."

사운평은 몸을 돌리며 이연연을 향해 눈을 찡긋했다.

이연연도 배시시 웃었다.

근처에서 눈치를 보며 나오지 않았던 사람들도 오간 이야기를 들었을 테니, 돌덩이에 깔려 죽기 싫다면 함부로 싸우지 않을 것이다.

덕분에 자신들도 당장 천장과 벽이 무너질 걱정은 덜게 되었다.

'얼굴과 마음만 이쁜 게 아니라 머리 굴리는 것도 제법이라니까. 확실히 나하고는 천생연분이야.'

홍명 일행은 사운평 일행의 뒤를 따라갔다.

묘한 동행이었다.

불을 가진 사람이 사운평 일행뿐이다 보니 거리도 멀리 떨어지지 않았다.

간간이 비명과 무덤의 울음소리가 들릴 때마다 사람들은 어깨를 부르르 떨었다.

그러면서 남몰래 안도의 한숨을 쉬었다.

휴전협정을 맺지 않고 싸웠다면 지금쯤 돌덩이에 깔려서 처참하게 죽었을지도 모르는 것이다.

홍명은 그 와중에도 사운평의 정체가 궁금해서 미칠 것 같았다.

'저 싸가지 없는 자식이 누구기에 염 형과 낙 형이 옹호하는 거지?'

제자는 아닌 듯했다.

그럼 아주 유명한 마두의 제자인가?

어린 계집과 시시덕거리며 걷는 걸 보니 별 볼 일 없는 놈 같은데…….

'누구 제자면 어때? 살아서 나가면 저 건방진 주둥이부터 부숴버리겠어.'

第八章

탈출로를 찾아라

"글자를 알아볼 수가 없습니다, 부궁주."

신화단원의 보고를 받은 나종악이 와락 구겨진 인상으로 버럭 소리쳤다.

"젠장! 완전히 당했어!"

뒤엉켜 있던 백골을 치우고 옷 속을 뒤져보았다.

자잘한 물품이 몇 가지 나왔다. 개중에는 은자도 있었다.

그러나 자신들이 원하던 것과는 동떨어진 물건뿐이었다. 삼비총 깊숙한 지하에서 은자가 무슨 소용이랴.

다음에는 신화단원을 시켜서 일대를 샅샅이 살펴보게 했다.

광장과 광장에서 뻗어나간 네 곳의 통로 석벽 대여섯 군데에서 글자의 흔적을 발견했다. 개중에는 무공구결로 보이는 제법 긴 글도 있었다.

그러나 글자 대부분이 지워져서 뜻을 알아볼 수가 없었다.

백원양의 말대로 누군가가 이미 손을 썼다는 뜻.

나종악은 누군가에 의해서 아무 것도 얻지 못하고, 이제는 생사마저 불분명해지자 분노가 치밀었다.

"대체 어떤 죽일 놈들이 이런 일을 꾸민 거지?"

"문제는 왜 이런 일을 꾸몄느냐 하는 거요, 부궁주."

나종악이 백원양을 돌아보았다.

"그야 우리를 죽이기 위해서 꾸민 일 아니겠나?"

"어쩌면 그자들은 우리만 노렸던 것이 아닐 수도 있소."

"우리만 노린 것이 아니다?"

"그렇소."

"그럼 설마…… 삼룡까지……?"

동방기가 눈을 크게 뜨고 내뱉은 말에 위안창마저 놀란 표정을 지었다.

바로 그때, 광장으로 들어서는 통로 쪽에서 소음이 났다.

천화궁 사람들은 입을 닫고 통로를 주시했다.

곧 발자국 소리가 들리더니 십여 명이 나타났다.

그들을 본 백원양이 눈빛을 번뜩였다.

"구양신궁?"

광장으로 들어선 자들은 걸음을 멈추고 좌우로 늘어섰다.

"드디어 찾았군."

상관창이 눈빛을 번들거리며 입꼬리를 비틀었다.

그동안의 시련을 말해 주듯 그의 옷은 여기저기 찢어지고 피마저 군데군데 묻어 있었다.

하지만 그는 그래도 나은 편이었다. 다른 자들 중에는 온통 피로 범벅되고 팔다리가 부러진 자도 있었다.

나종악은 상대가 구양신궁 사람들이라는 말을 듣고는 그동안 참았던 분노를 터트렸다.

"오냐, 이놈들! 네놈들의 피로 선조들의 넋을 위로하리라! 모두 놈들을 쳐라!"

신화단원들이 일제히 무기를 빼들고 공격을 시작했다.

위안창과 백원양을 비롯한 간부들도 공격을 망설이지 않았다.

구양신궁 무사들도 물러서지 않고 마주쳐갔다.

"흥!"

순식간에 난전이 벌어졌다.

좁은 곳에서 벌어진 난전은 그 어떤 싸움보다 흉험했다.

잠깐의 실수가 생사로 직결되는 상황. 때로는 고수도 눈 먼 칼에 맞을 수 있었다.

그런데 격전이 한창일 때였다. 사방으로 뚫린 통로에서 또 다른 자들이 광장으로 밀려들었다.

"저기 불빛이 있다!"

"보물이 있는 곳이다!"

"막는 놈은 모두 죽여라!"

*　　*　　*

한편, 사운평은 광장을 얼마 남겨두지 않고 걸음을 멈추었다.

"멈춰라, 연홍."

"왜 그러십니까, 대형?"

앞장서서 걷던 조연홍이 의아해하는 표정을 지으며 물었다.

사운평은 눈살을 찌푸리며 잠시 생각을 하더니 차가운 눈빛을 번뜩이며 말했다.

"생존자들이 저 안쪽에서 싸우는 것 같다. 우린 뒤로 빠지자."

"예?"

"개싸움에 끼어들 필요는 없잖아?"

"갈 대협도 저 안에 있을 텐데요."

"후우, 나도 갈 대협을 구하고 싶어. 우리 동료잖아? 하지만 갈 대협을 구하기 위해서 더 많은 동료를 희생할 수는 없어."

계산적으로 따진다면 틀린 말은 아니다.

그러나 때로는 한 사람을 구하기 위해서 백 명을 희생해야 할 때가 있다.

물론 지금 같은 경우가 그에 해당하는지 말하라면 누구도 쉽게 말할 수는 없지만.

사운평은 희미한 불빛으로 물든 일행의 얼굴을 둘러본 후 결연한 표정으로 말했다.

"그 일로 누가 우리를 욕한다면…… 내가 욕을 다 먹고 말겠어. 그러니 여기 있는 사람 중에서도 나를 욕하고 싶으면 얼마든지 해."

일행 중 누구도 입을 열지 않았다.

몇 명은 감동한 표정이었고, 몇 명은 '그랬다가 무슨 꼴을 당하라고?' 그런 의심에 찬 눈빛으로 바라보기만 했다.

"오빠, 정말 그분을 구할 방법이 없을까요?"

"지금으로선 없어."

단호하게 말한 사운평이 그 어느 때보다 무심한 눈으로 통로 저 안쪽을 바라보았다.

"저 안에 들어가서 싸울 시간이 있으면 나갈 수 있는 길을 찾아보는 게 나아."

"나갈 수 있는 길이 정말 있는가?"

입을 꾹 닫고 있던 막귀붕이 참지 못하고 물었다.

사운평이 고개를 돌려서 그를 쳐다보았다.

"그럼 내가 아무런 희망도 없는데 여기까지 왔겠수?"

눈을 살짝 치켜뜨며 말하는데, 그 모습이 마치 '당신 멍청이요?' 그렇게 말하는 것처럼 느껴진다.

막귀붕은 속에서 뭔가가 욱하니 솟구쳤지만 꾹 참았다.

그때 조연홍이 삼비총으로 들어올 때부터 품고 있던 의문을 슬쩍 던졌다.

"대형, 혹시 갈 대협이 해석했다는 그 그림에 밖으로 나갈 수 있는 비밀 통로가 있었던 것 아닙니까?"

아니나 다를까 사운평이 말했다.

"아직은 확실하지 않아. 사실 그래서 갈 대협을 먼저 찾으려고 이곳까지 왔던 거지."

그 말만으로도 사람들의 얼굴에 희망이 떠올랐다.

위지강이 물었다.

"문주, 그럼 갈 대협을 더욱 구해야 하지 않겠소?"

"어차피 내가 생각한 곳이 밖으로 나가는 통로가 아니면 갈 대협을 만나도 소용없어."

"그럼 어떻게 하겠다는 거지?"

북여설이 오랜만에 입을 열어서 물었다.

그녀도 말만 안했을 뿐 초조한 마음이었다.

"어떻게 하긴? 내가 찾아봐야지."

"찾을 수 있겠어?"

"이제부터 함께 연구해 보자고."

남들이야 어떤 표정을 짓던 사운평은 태연하게 대답하고 고개를 돌렸다.

"연홍."

"예, 대형."

"이 그림을 잘 보고 판단해 봐. 너는 비밀 통로 같은 것을 잘 알 거 아냐?"

비밀 통로를 파악하는데 도둑만큼 능한 사람이 누가 있겠는가?

"한 번 그려보세요."

사운평이 석벽에 손가락으로 그림을 그렸다.

가볍게 긋는 것처럼 보이는데도 단단한 석벽이 푹푹 파였다.

지켜보던 사람들의 눈이 휘둥그레졌다.

그들도 손가락으로 암석에 선을 그을 수 있었다. 하지만 사운평처럼 자연스럽게, 마치 진흙 반죽에 선을 긋듯이 할 수는 없었다.

염왕수라 불리는 막귀붕조차도.

'정말로 등초력을 이긴 건 아니겠지?'

약간의 거리를 두고 쳐다보던 홍명도 얼굴이 하얗게 질렸다.

'뭐, 뭐야, 저 자식? 설마 벽이 저곳만 무른 것은 아니겠지?'

그때 그물처럼 엉킨 복잡한 선을 그린 사운평이 좌측을 가리키며 손가락으로 벽을 쿡쿡 찔렀다.

손가락이 벽을 한 치쯤 파고들었다.

"우리가 있는 곳이 여기 같아. 그리고 내가 봐서는 바로 이곳이 비밀 통로 같은데, 네 생각은 어때?"

조연홍이 평소와 달리 눈빛을 번뜩이며 석벽을 노려보았다.

그도 전에 본 적이 있는 그림이다. 사운평이 그려놓으니 더욱 선명하게 기억났다.

"그곳보다 이곳일 확률이 큽니다."

조연홍이 손가락으로 한 곳을 짚었다.

사운평이 가리키는 곳의 반대편에 동그라미 세 개가 겹쳐서 삼각형을 이루고 있었다.

"그래?"

"예, 대형."

"확실해?"

"제 생각으로는……."

"좋아, 그럼 일단 그곳으로 가보자. 내가 동생을 믿지 않으면 누굴 믿겠어? 근데 위치가 어디쯤 될 것 같지?"

"그게 저…… 싸우는 소리가 나는 곳 너머 쪽 같은데요?"

사운평이 느릿하게 눈을 돌려서 조연홍을 째려보았다.

"확실해?"

조연홍도 이판사판이었다.

"예, 대형."

"지미……."

*　　　*　　　*

구비를 세 번 돌자 저만치 빛이 보였다. 광장으로 보이는 곳에서는 치열한 격전이 벌어지고 있었다.

멀리서 봐도 상당한 숫자의 무사가 쓰러져 있고, 바닥에선 시뻘건 피가 내처럼 흘렀다.

사운평은 광장이 보이는 곳에서 걸음을 멈추고 싸움을 지켜보았다.

'힘을 합쳐도 빠져나갈 수 있을까 말까 한데 웬 싸움질이야?'

지켜보는 와중에도 욕설과 비명과 악다구니가 끊이지 않았다.

살아남은 자들은 십여 명쯤, 그들은 생사의 외나무다리에 선 사람처럼 서로를 죽이기 위해서 미친 듯이 싸웠다.

그런데 돌아가는 꼴을 보니 천화궁 사람들의 패색이 짙었다.

"모두 여기서 기다리쇼. 내가 먼저 가볼 테니까."

"예, 대형."

"연홍, 너는 나를 따라와."

"예? 저…… 저는 이곳에서 불을 들고 있는 게……."

"불 때문에 따라오라는 거야. 불빛이 멀어져야 이곳에 남은 사람들이 저들 눈에 잘 안 보일 거 아냐?"

특히 이연연이.

사실 다른 사람을 남겨두고 자신만 가려는 것도 순전히 이연연을 보호하기 위해서였다.

뒤쪽에서 언제 어느 때 누가 나타날지 모르니까.

"그건 그런데……."

"따라오기 싫어?"

"아, 아닙니다. 가시죠."

"아! 맞아, 불을 들었으니 네가 앞장서는 게 낫겠다."

'젠장!'

희미한 빛이 흐르는 광장은 시뻘건 피로 혈해를 이루고 있었다.

몸에 구멍이 난 자, 머리가 으깨진 자, 배가 갈라진 자, 그들의 몸에서 쿨럭거리며 뿜어지는 핏줄기, 코를 찌르는 피비린내.

사운평과 조연홍조차 지옥 같은 그 광경에 인상을 찌푸렸다.

싸우고 있는 자들의 숫자는 정확히 열다섯. 그중 천화궁 사람이 여섯이고, 구양신궁과 은명곡 사람이 아홉이었다.

갈원은 부상을 입은 듯 한쪽 구석에 주저앉아 있었는데, 다행히 큰 부상은 아닌 듯했다.

'금방 결정이 나겠군.'

천화궁 사람 중에서 그럭저럭 비등하게 싸우는 사람은 넷뿐이다.

나종악과 위안창, 동방기, 신화단 부단주 남가진.

그런데 불을 든 조연홍과 뒷짐 진 사운평이 들어서자 상황이 묘하게 흘렀다.

'저놈들은 뭐지?'

나종악과 첨예하게 대치하고 있던 상관창은 건들거리며 들어서는 사운평과 조연홍이 눈에 거슬렸다.

겉모습만 봐선 영락없이 뒷골목의 건달이었다. 그런데 하는 행동이 너무 태연했다.

자신조차 미쳐버릴 것 같은 이 지옥에서 저런 태도라니.

더구나 나종악이 아는 척하지 않는가 말이다.

"엇? 저 친구는……?"

'응? 이놈들과 한 패인가?'

온몸이 피로 범벅된 백원양도 경악을 감추지 못했다.

회칠을 한 듯 창백한 얼굴, 잘게 떨리는 몸, 옆구리를 움켜쥔 그의 손가락 사이로 샘솟듯 흘러나오는 핏물.

언뜻 봐도 무척 심각한 부상을 입은 듯했다.

하지만 그는 자신의 부상을 생각할 겨를이 없었다.

지금쯤은 자신에게 청부받은 일을 진행하고 있을 거라 생각했거늘, 이 지옥에 들어와 있다니.

"자네가 여긴 어떻게 들어 왔는가?"

"일단 이곳부터 정리하고 나서 말씀을 나누죠. 연홍, 뒤로 물러서."

사운평이 무심한 목소리로 말하며 천천히 칼을 잡아 뺐다.

조연홍도 이번만큼은 일절 토를 달지 않고 뒤로 물러섰다. 그러다 무슨 생각이 들었는지 나종악을 보며 묘한 표정으로 말했다.

"일인당 백 냥이면 적당하겠군요. 물론 금자로 말입니다."

사운평은 '자식, 많이 늘었군.' 하는 표정으로 씩 웃으며 고개를 끄덕였다.

"그 정도면 사실 싸게 해 준 거죠."

천화궁 사람들은 사운평과 조연홍의 말뜻을 알기에 어이가 없었다.

구양신궁 사람들이야 무슨 뜻인지도 몰랐지만.

그들은 그저 눈앞에 나타난 자들이 방해물로 보일 뿐이었다.

"거추장스러운 놈들을 치워라!"

상관창이 악을 쓰듯 명령을 내렸다.

구양신궁 무사 중 둘이 사원평과 조연홍을 공격했다.

'이크!'

조연홍은 재빨리 서너 걸음 뒤로 물러섰다.

손에 들고 있던 초롱불이 흔들리며 광장의 불빛도 출렁거렸다.

그때였다.

쉬아악!

한 줄기 묵빛 선이 출렁거리는 불빛을 양단했다.

그 동선에 구양신궁 무사가 걸렸다.

천화궁 고수들을 상대하며 지금까지 살아난 사람들이다. 그 사실만으로도 그 둘을 무시할 자는 아무도 없었다.

다만 사운평의 무영천살도가 너무 빨랐을 뿐.

뒤늦게 섬뜩함을 느낀 두 사람이 멈칫했을 때는 이미 검기가 그들의 목을 훑고 지나간 후였다.

"큭!"

"커억!"

거의 동시에 터져 나온 외마디 비명.

중심을 잃고 비틀거리다가 쓰러지는 그들의 목에서 핏줄기가 실처럼 솟구친다.

광장이 느닷없이 고요해졌다.

피이이이.

핏줄기 뿜어지는 소리가 들릴 정도.

순간 사운평의 몸이 희미한 빛 속으로 흩어졌다.

눈을 홉뜬 상관창이 대경해서 소리쳤다.

"보통 놈이 아니로구나! 조심해라!"

보통 놈이 아닌 정도가 아니다. 등초력을 고뇌 속으로 빠뜨린 사운평이다.

상관창은 사운평을 몰라도 너무 몰랐다.

'다른 놈들이 오기 전에 빨리 끝내야 해.'

촌각이 아까운 사운평은 자신의 무공이 드러나는 것을 망설이지 않았다.

싸움이 길어져서 자칫 벽과 천장에 강한 충격이 가해지기라도 하면 큰일이었다.

다만 문제는, 조금 전의 두 무사처럼 자신을 죽이기 위해서 살기를 드러내며 달려드는 자들이 아니면 죽일 수 없다는 점이다.

그는 한 사람의 어깨를 가르는데도 손이 떨리는 자신이 미치도록 짜증났다.

'염병! 진짜 고쳐지지 않는군.'

그렇다고 모습을 드러내서 '나를 공격하쇼.' 할 수도 없고…….

그는 별 수 없이 남의 손을 빌렸다.

쾅!

사운평의 장력에 얻어맞은 구양신궁 무사 하나가 동방기 앞으로 날아갔다.

동방기는 반사적으로 검을 휘둘러서 날아드는 자를 베었다.

'그래, 잘하는군!'

내심 쾌재를 부른 사운평은 자신의 공격을 피하려는 구양신궁 사람들을 천화궁 사람들 쪽으로 몰아붙였다.

앞뒤로 적을 상대하는 꼴이 된 구양신궁 사람들은 당황해서 우왕좌왕했다.

상관창으로선 미칠 일이었다.

그는 사운평의 목을 쳐버리고 싶었다. 그러나 움직임조차 제대로 잡아낼 수 없으니 목은커녕 머리카락 한 올 자르기도 힘들었다.

반면 나종악은 눈빛을 번뜩였다.

저승의 문턱에서 살아난 그는 기회를 놓치지 않았다.

"이공자, 나와 함께 왼쪽을 맡도록 하세!"

동방기도 힘이 났다.

"알겠습니다, 부궁주!"

후우우웅!

강력한 천화신공이 실린 장력이 구양신궁 고수들의 배후를 향해 밀려갔다.

위안창과 남가진 역시 뒤따라서 상대를 공격했다.

단 몇 수만에 구양신궁의 고수 둘이 더 쓰러졌다.

"이놈!"

노성을 내지른 상관창이 살기를 풀풀 날리며 사운평을 공격했다.

사운평으로선 기다리던 바였다.

그는 차가운 눈빛으로 검강이 일렁이는 검을 노려보았다.

사운평의 몸이 바람에 몸을 맡긴 갈대처럼 좌우로 흔들리는가 싶더니 시야에서 사라졌다.

흠칫한 상관창은 손목을 틀어서 벼락처럼 검을 옆으로 뻗었다.

절대 경지를 코앞에 둔 고수답게 쾌속한 반응.

사운평은 검이 날아드는 걸 보고도 피하지 않았다.

상관창의 푸른 빛 일렁이는 검강이 어깨 위로 지나갔다. 어깨의 옷자락이 검강의 기운에 스치며 갈라졌다.

사운평은 눈 한 번 깜박이지 않고 무영천살도 중 무영살흔을 펼쳤다.

묵빛 칼이 그림자도 남기지 않고 상관창을 휘감았다.

"헉!"

오싹함을 느낀 상관창은 반사적으로 물러섰다.

그가 만약 독심을 먹고 동귀어진하자는 마음으로 사운평의 목을 노렸다면 상황이 달라졌을지도 모른다.

하지만 그러한 독심을 품기에는 그가 누려온 부귀영화가 너무나 달콤했다.

사운평은 뒤로 미끄러지는 상관창을 그림자처럼 따라붙었다. 동시에 묵빛 도강이 뻗어나가며 허공을 도려냈다.

쉬아악!

상관창과 도첨의 거리는 두 자 정도. 하지만 도강이 석 자 가까이 뻗어나가니 그 거리가 무의미해졌다.

'이런!'

상관창은 뒤늦게 자신의 실수를 깨닫고 몸을 틀었다.

서걱!

한 줄기 묵빛 선이 상관창의 어깨를 스치고 지나갔다.

"흐읍!"

외마디 신음을 내뱉은 상관창은 다급히 왼손을 들어서 오른쪽 어깨를 움켜쥐었다.

그가 붙잡자마자 팔이 피분수를 뿜어내며 어깨에서 떨어졌다.

뒤늦게 밀려드는 극렬한 통증!

"크억!"

비명을 터트린 그의 얼굴이 악귀처럼 일그러졌다.

신궁의 부궁주로 천하에 부러울 게 없었던 그가 언제 이런 비참한 상황을 생각해 봤을 것인가.

왼손에 들린 팔을 바라보는 그의 눈에 암울한 공포가 떠올랐다.

뿜어져 나오는 핏줄기에 손과 잘린 팔이 시뻘겋게 물들어 간다.

"내, 내가 저런 놈에게……."

주춤거리며 물러서는 그의 몸이 사시나무처럼 떨렸다.

사운평은 더 이상 손을 쓰지 않고 뒤로 물러섰다.

대항할 의지가 사라진 자다. 손을 써봐야 기껏 살을 약간 베어낼 수 있을 뿐.

그로선 겁쟁이처럼 손이 떨리는 더러운 기분을 느끼고 싶지 않았다.

'이 정도면 알아서 처리하겠지.'

아니나 다를까 나종악이 상관창을 향해 쌍장을 휘둘렀다.

그때 뒤에서 홍명의 냉랭한 목소리가 들렸다.

"누구냐!"

사운평은 홱 고개를 돌려서 일행이 있는 통로 안쪽을 바라보았다.

일행의 후미 쪽으로 일단의 무리가 달려드는 게 보였다.

맨 뒤로 처져 있던 홍명과 홍위 일행이 먼저 그들을 막아섰다.

막귀붕과 부상을 입은 낙수교도 그들과 함께 적을 상대했다.

"흥! 어림없다!"

"이 개자식들, 누구 대신 네놈들의 입을 찢어주마!"

사운평의 눈썹이 꿈틀거렸다.

'지금 나에게 들으라고 한 소리 같은데?'

하지만 쓸데없는 고민으로 머뭇거릴 시간이 없었다.

우르르르릉. 쩌정!

통로 안쪽에서 격전이 벌어졌다.

막귀붕과 낙수교, 홍명 일행이 바로 처리하지 못할 정도라면 제법 강한 상대라는 말.

'진짜 개떼처럼 몰려드는군.'

눈살을 찌푸린 그는 광장 안을 재빨리 둘러보았다.

쾅!

자신에게 팔이 잘린 자가 나종악의 장력을 맞고 벽에 처박힌다.

신궁의 무사 중 남은 자는 셋. 악에 바친 나종악 등이 그들을 몰아붙이고 있다.

'곧 끝나겠군.'

그렇다면 굳이 통로에서 얼쩡거리게 놔둘 이유가 없지.

"밖으로 나와!"

*   *   *

한편, 삼룡과 무림맹 사람들은 지하 삼 층에서부터 뿔뿔이 흩어졌다.

공손건과 금우경 등 천의산장 사람 십여 명은 한 사람이 간신히 통과할 수 있는 갈라진 틈을 발견하고 겨우 지하 오 층으로 내려갈 수 있었다.

나머지는 생사조차 알 수 없는 상황.

모두가 두려움이라는 괴물과 마주쳐서 공황상태에 빠졌다.

특히 공손건은 자신이 처한 상황을 믿을 수가 없었다.

"내가 어쩌다 이 신세가 된 거지?"

흐트러진 머리, 피비린내가 배인 찢어진 옷, 어깨 쪽에선 싸한 고통마저 느껴진다.

그로선 지금 상황이 꿈만 같았다.

천의산장의 소공으로 남부러울 게 없던 자신이 단 하루 사이에 생사를 걱정하는 신세가 되다니.

그것도 무덤 속에서!

이게 꿈이라면 빨리 깨고 싶을 뿐이다.

"제기랄! 모든 게 그놈 때문이야. 그 빌어먹을 놈만 아니었어도 이곳에 올 일이 없었는데……."

공손건의 중얼거림이 계속되자, 금우경이 눈살을 찌푸렸다.

"소공, 진정하고 나갈 수 있는 길을 찾아보세."

공손건은 이를 악물고 마음을 가라앉혔다.

'그래, 이럴 때일수록 침착해야 돼.'

겨우 마음을 추스른 그가 가라앉은 목소리로 답했다.

"알겠습니다, 원주. 제가 조금 당황했었나 봅니다."

어디선가 싸우는 소리가 들린 것은 그때였다.

사람들은 모두 숨을 죽이고 귀를 기울였다.

소리가 심하게 울려서 정확한 상황은 알 수 없었다. 그러나 싸우는 소리인 것만은 분명한 듯했다.

"어디서 싸움이 벌어진 것 같소이다, 원주."

착잡한 어조의 늙수그레한 목소리가 한쪽에서 흘러나왔다.

"빌어먹을. 지옥이 따로 없군."

누군가가 투덜댔다. 가슴에 배인 두려움 때문인지 목소리가 가늘게 떨렸다.

모두가 같은 마음인지 그 후로 아무도 말을 하지 않았다.

그렇게 열을 셀 시간이 흐를 즈음, 어둠 저편에서 나직한 발자국 소리가 들렸다.

사람들은 숨을 죽이고 발자국 소리에 귀를 기울였다.

발자국 소리는 사 장 정도 떨어진 곳에서 갑자기 멈추었다.

"우린 천의산장과 무림맹 사람들이오. 그쪽에서 오시는 분들은 누구시오?"

가장 가까이 있던 사람이 발자국 소리 나던 곳을 향해 물었다.

그 와중에도 천의산장과 무림맹 사람들은 바짝 긴장한 채 소리가 난 곳을 향해 감각을 집중했다.

그때였다.

쉬이이이. 스스스스.

곤충들이 기어오듯 미세한 소음과 함께 강렬한 기운이 쇄도했다.

"적이다!"

짧은 외침.

떠덩! 파바박!

누군가가 소리 나는 곳을 향해 돌덩이를 던졌다.

돌덩이가 벽에 부딪치면서 불꽃이 튀었다.

찰나 간의 불빛에 쇄도하는 자들의 모습이 희미한 음영을 드러냈다가 사라졌다.

흑의를 입은 무사들. 숫자는 십여 명.

귀혼문의 생존자들이었다.

"뒤로 물러서면서 상대해라!"

금우경이 소리쳤다.

쩌저정!

무기와 무기가 부딪쳤다.

불꽃이 튀면서 서로의 모습이 좀 더 확연히 드러났다.

"크억!"

"놈들을 막아!"

어둠을 뒤흔드는 비명소리, 고함.

기선을 빼앗긴 천의산장과 무림맹 사람들은 다급히 뒤로 물러서면서 벽에 부딪치면 옆으로 빠지고, 상대의 기세가 다가오면 무기를 휘둘렀다.

어둠 속의 혈투는 모두에게 공포를 심어주었다.

금우경도, 공손건도, 무림맹의 고수들도, 심지어 공격을 하는 귀혼문 형제들도 두렵기는 마찬가지였다. 생사를 대하는 자세가 다를 뿐.

잠깐 사이 혼전이 벌어지면서 상대의 기세를 느끼기가 더욱 어려워졌다.

무기끼리 부딪치거나, 무기가 벽과 바닥을 후려치며 불꽃이 번쩍일 때만 적과 동료를 분간할 수 있다.

양편의 무사들은 찰나에 불과한 그 시간을 놓치지 않으려고 감각을 극한으로 끌어올렸다.

적과 동료조차 분간하기 힘든 싸움이 격렬하게 이어질 즈음.

화르르르!

불꽃이 타오르면서 통로가 갑자기 밝아졌다.

약간의 시간 여유를 얻은 금우경이 겉옷을 찢어서 삼매진화로 불을 붙인 것이다.

그는 불이 붙은 옷을 벽 쪽으로 던졌다.

통로의 상황이 한눈에 드러났다.

피를 흘리며 쓰러져 있는 자, 갈라진 곳에서 피를 줄줄 흘리며 비틀거리는 자, 그들을 향해 필살의 살초를 펼치는 자.

상대를 죽여야만 살 수 있다는 필살의 의지로 눈이 번들거리던 자들이 갑작스런 불빛에 멈칫거렸다.

안 보일 때와 보일 때의 마음은 다른 법. 가슴에 두려움이라는 독버섯이 핀 자는 주춤거리고, 빛으로 인해 용기를 일으킨 자는 이를 악물고 상대를 공격했다.

"놈들을 쳐라!"

"전부 죽여!"

"아미타불! 빈승이 지옥에 가리라!"

고함에 가까운 악다구니. 번뜩이는 칼날.

통로가 밝아지자 천의산장 고수들이 반격을 시작했다. 어둠만 아니라면 밀릴 이유가 없었다.

귀혼문 무사들도 이를 악물고 상대의 공격에 맞섰다.

고수들 간에 부딪친 기운의 여파가 좁은 통로 안에서 휘몰아쳤다.

그런데 일부 공세가 벽과 천장과 바닥을 직격했다.

펑! 쿠구구궁, 콰르르르릉.

천장이 울고 석벽이 파르르 떨었다.

자잘한 돌조각이 떨어지자 너나 할 것 없이 대경실색해서 주춤거렸다.

"헉! 조심해!"

"벽은 치지 마라!"

천장이 무너지는 바람에 손도 못 써보고 죽은 동료가 몇이던가.

그렇게 죽고 싶은 사람은 아무도 없었다.

잠시 잠깐 싸움이 멈추자 금우경이 소리쳤다.

"너희들도 돌덩이에 깔려 죽고 싶진 않겠지?"

왕호문은 금우경을 노려보았다.

타들어가던 옷자락의 불이 마지막 몸부림을 치고 있었다. 삼비총에 들어온 자신들의 신세를 보는 듯했다.

"흥! 위쪽이 모두 무너져서 출구가 막혔다. 어차피 도망갈 곳도 없는데 죽고 사는 게 무슨 문제란 말이냐?"

"그래도 혹시 아느냐? 천운이 따른다면 빠져나갈 수 있을지. 어디 누구 운이 좋은지 시험해 보기로 하자."

"우린 너희들과 함께 죽는다면 아쉬울 것도 없다."

죽음을 각오한 왕호문의 단호한 말투에 금우경은 마음이 다급해졌다.

"너희도 이곳에 남아 있을 너희 조상들의 무공을 얻고 싶을 텐데? 싸움을 멈춘다면 나 금우경의 이름을 걸고 최소한 이곳에서만큼은 너희들을 공격하지 않겠다."

왕호문은 바로 대답하지 못했다.

귀혼문의 절전된 무공을 얻는 것. 그것이야말로 그가 이곳에 들어온 가장 큰 목적이 아니던가.

죽기 전까지는 포기할 수 없는 유혹이었다.

"좋다. 우리도 너희가 건들지만 않으면 공격을 자제하지."

"그 일은 염려마라. 우리도 이곳에서 죽고 싶진 않으니까. 그럼 우리가 먼저 가겠다. 가세!"

금우경은 행여나 왕호문의 마음이 변할까 봐 즉시 자리를 떴다.

왕호문은 천의산장 사람들이 안쪽으로 빠르게 사라지자 숨을 길게 내쉬었다.

'그래, 아직 포기할 때가 아니다. 어딘가에 나갈 길이 있을지도 모를 일……'

그가 좌우와 뒤를 돌아보며 나직이 말했다.

"모두 휴식을 취하며 상처를 돌봐라. 언제 또 어떤 적이 나타날지 모르니까."

귀혼문 무사들이 휴식을 취하는 동안, 천의산장 사람들은 싸우는 소리가 나던 안쪽으로 들어갔다.

어쩌면 그곳이 더 위험할지 모르지만 그들에게는 다른 길이 없었다.

싸움에서 이긴다 해도 살아남을 자가 몇이나 되겠는가. 차라리 미지의 상황과 부딪치는 것이 나을지도 몰랐다.

그런데 희미한 불빛이 비치는 곳을 향해 구비를 돌았을 때였다.

저만치 앞쪽에 통로를 막고 서 있는 자들이 보였다.

그들 중 몇 사람의 정체를 알아본 금우경이 전음으로 명을 내렸다.

『놈들을 친다. 벽과 천장에 충격이 안 가도록 최대한 빨리 처리해라.』

바로 그때, 공손건의 눈빛이 번뜩였다.

'이연연?'

애증의 그녀가 저 앞에 있다. 자신을 이 지옥으로 인도한 여인이.

『이연연은 죽이지 마십시오. 제가 처리하겠습니다.』

第九章

싫다잖아!

홍명과 홍위를 제외한 마도문파의 무사들은 천의산장 고수들의 상대가 되지 못했다.

그들은 두어 수도 제대로 버티지 못하고 하나하나 피를 뿌리며 쓰러졌다.

홍명과 홍위조차 연신 뒤로 밀리며 이를 악물고 대항했다.

결국 막귀붕과 낙수교가 나서고, 궁탁과 연산쌍마가 그 뒤를 받쳤다.

낙수교는 손가락 두 개가 부러지고 내상을 입었지만 독심의 소유자답게 물러서지 않았다.

그들이 이중, 삼중으로 막아서자 천의산장 사람들이 아무리 고수라 해도 쉽게 뚫을 수 없는 벽이 형성되었다.

"이제 보니 염왕수가 있었군!"

금우경이 막귀붕을 알아보고 냉소를 지었다.

"검종 금우경?"

막귀붕의 표정이 와락 구겨졌다.

금우경은 등초력과 엇비슷한 실력을 지닌 고수다. 혼자 힘으로는 이길 수 없는 자.

때마침 광장 쪽에서 사운평의 목소리가 들렸다.

"밖으로 나와!"

이연연과 호우가 먼저 광장 쪽으로 달려가고, 위지강과 북야진 남매, 예리상도 뒤따라갔다.

공손건이 눈을 치켜뜨고 소리쳤다.

"이연연! 오늘은 내 손에서 벗어날 수 없을 거다!"

그의 목소리를 들은 사운평이 눈을 크게 떴다.

"어? 저 인간도 들어왔네?"

그 사이 이연연 등이 통로를 빠져나갔다.

천의산장의 공격을 막고 있던 막귀붕 등도 서서히 물러섰다.

천의산장 고수들이 그들을 따라 나왔다.

금우경과 나란히 통로를 나온 공손건이 이연연을 노려보았다.

"지금이라도 저놈을 포기하고 나와 함께 있겠다면 용서해 주마!"

사운평이 짜증내듯 한 소리 외치며 몸을 날렸다.

"네가 싫다잖아, 인마!"

"소공! 조심하게!"

사운평의 강함을 잘 아는 금우경이 다급히 소리치며 공손건의 앞을 막아섰다.

사운평은 조금도 망설이지 않고 칼을 휘둘렀다.

쩌저정!

강력한 충돌음에 귀가 먹먹해질 지경.

금우경의 얼굴이 일그러졌다.

직접 부딪쳐본 사운평의 칼은 믿기 힘들 만큼 강했다. 등초력이 왜 패배를 자인했는지 이해가 갔다.

'어린놈이 정말 무섭구나!'

하지만 그는 더 이상 생각할 여유가 없었다.

사운평의 무지막지한 공세가 면면부절 끊이지 않고 쏟아졌다.

"제가 돕겠습니다, 원주!"

공손건이 소리치며 공격에 가세했다.

금우경은 자존심이 상했지만 거부하지 않았다.

지금은 자존심보다 운평이란 저 기분 나쁜 놈을 처리하는 게 우선이었다.

사운평도 공손건이 합공하자 금우경을 더 이상 강하게 몰아붙이지 못했다.

'비겁한 새끼!'

대신 금우경과 공손건의 손발이 묶이자 막귀붕 등의 공세가 훨씬 활발해졌다.

그런데 그때 오른쪽 통로에서 사람들이 쏟아져 나왔다.

그들은 시신이 널려 있고 피가 흥건한 광장을 보고 눈매를 파르르 떨었다.

"아미타불! 참으로 지옥이 따로 없구나!"

"원시천존!"

무림맹의 주요 고수들이었다. 그들은 천의산장 사람들이 싸우는 걸 보고 즉시 나섰다.

"금 시주, 우리가 돕겠소이다!"

북야진 남매와 예리상, 위지강, 조연홍이 그들의 앞을 막았다.

금우경과 공손건을 상대하며 팽팽한 접전을 벌이고 있던 사운평은 와락 짜증이 났다.

연이은 싸움으로 힘들어주겠는데 개떼처럼 달려들다니.

"땡중과 말코가 눈치도 없군. 이러다 천장이 무너지면 다 죽는다는 걸 모르나?"

그의 입방정에 대답이라도 하듯 광장이 흔들렸다.

콰르르르릉.

삼비총 안의 군웅들이 빠져나갈 길을 만들기 위해서 벽과 천장을 훼손하자 겨우 버티던 곳도 무너지기 시작한 것이다.

멈칫한 사람들이 공포에 질린 표정으로 천장을 올려다보았다.

우르르릉.

천장과 벽이 요동쳤다.

"문주! 이곳을 벗어나야 하네!"

한쪽에 주저앉아 있던 갈원이 일어나며 악을 쓰듯 소리쳤다.

사운평은 갈원의 말을 무시하지 않았다. 이곳에 있는 사람들 중 삼비총의 내부 구조를 가장 잘 아는 사람이 갈원이니까.

"어디로 갈 거요?"

"따라오게!"

갈원이 좌측 통로를 향해 이동했다.

사운평은 광장이 흔들리면서 금우경과 공손건이 멈칫하자 재빨리 몸을 뒤로 뺐다.

남가진이 백원양을 업고, 나종악과 위안창, 동방기가 좌우를 호위했다.

"연연아, 호우 형과 함께 갈 대협을 따라가!"

"오빠는요?"

"내 걱정 말고 어서 가!"

사운평은 짧게 소리치고 칼을 고쳐 잡았다.

쿠구구궁!

마침내 천장에서 우렛소리와 함께 돌덩이들이 떨어지기 시작했다.

"모두 이곳을 빠져나가요!"

사운평이 소리치고는 갈원이 들어선 좌측 통로로 몸을 날렸다.

궁탁과 막귀붕 등도 꼬리에 불붙은 말처럼 다급히 물러섰다.

"천장이 무너진다!"

"모두 피해!"

"으아악!"

비명과 함께 두어 사람이 떨어진 돌덩이에 깔렸다.

한 사람은 머리부터 덮치는 바람에 비명도 지르지 못한 채 즉사했고, 몸이 반쯤 깔린 자는 공포에 찬 처절한 비명을 질러댔다.

이제는 싸움이 문제가 아니다.

미친 듯이 소리치며 자신들이 나온 통로로 되돌아가는 사람, 사운평의 뒤를 쫓아가는 사람, 두 발이 얼어붙어서 천장만 바라보는 사람, 모두가 제정신이 아니었다.

그 와중에 천장에서 떨어진 돌덩이가 천화궁 사람들이 한쪽 구석에 내려놓은 조롱불 위로 떨어졌다.

기름이 흘러나오면서 불이 붙자 광장이 갑자기 밝아졌다. 게다가 흘러나온 기름이 시신의 옷자락에 묻으면서 불길이 더욱 커졌다.

바닥에 흥건한 시뻘건 핏물, 곳곳에 널린 백골, 메케한 냄새.

천장에서 떨어지는 돌덩이가 점점 많아지면서 혼란은 극에 달했다.

통로에 들어선 사운평은 이연연 곁으로 바짝 붙었다.

"연연아, 내 옆에서 멀리 떨어지지 마."

"예, 오빠."

그토록 당당하던 이연연의 목소리도 가늘게 떨렸다.

구비를 네 번 돌아서 이십 장 정도 전진했을 때 갈원이 걸음을 멈추었다.

막다른 길, 그의 앞은 기형의 문양이 가득한 벽으로 막혀 있었다.

"어떻게 된 건가?"

위안창이 창백한 안색으로 물었다.

삼비총이 통째로 흔들리고 있거늘 앞이 막힌 길로 안내하다니.

뒤쪽에 서 있던 사람들도 당황한 표정이 역력했다.

그러나 갈원은 전혀 당황하지 않았다.

"제대로 온 것 같소이다."

"제대로 왔다고?"

"저 벽을 무너뜨리시오."

"무슨 말인가?"

위안창이 의아한 표정으로 반문했다.

"기관을 해지할 시간이 없소이다. 어서 벽을 무너뜨리시오!"

갈원이 강하게 재촉하자 나종악이 앞으로 나섰다.

벽을 무너뜨리라 했을 때는 그만한 뜻이 있을 터.

"내가 해 보겠소."

천화신공을 끌어올린 그는 석벽을 향해 쌍장을 뻗었다.

강력한 열양 장력이 석벽을 강타했다.

콰과광!

쇠처럼 단단하게 보이던 석벽에 쩍쩍 금이 갔다.

하지만 그뿐, 석벽은 무너지지 않았다.

평소였다면 어렵지 않게 무너뜨렸을 일이거늘, 상관창과의 대결로 공력소모가 큰 탓에 칠성의 위력밖에 발휘하지 못한 것이다.

그런데 석벽이 무너지지 않자 그 충격이 고스란히 벽과 천장으로 전해졌다.

쩌저저적, 쿠구구궁.

금방이라도 무너질 것처럼 벽과 천장이 갈라졌다.

"타앗!"

이번에는 동방기가 전력을 다해서 석벽을 두들겼다.

콰광!

금이 갔던 석벽이 뒤쪽으로 무너졌다.

석벽 뒤쪽에는 어두컴컴한 공간이 있었다. 그 안에서 차가운 바람이 불어왔다.

지금까지 지나온 통로와는 완전히 다른 느낌. 아무래도 안쪽에 천연석인 동굴인 있는 듯했다.

"역시 내 생각이 맞았어! 안으로 들어가시오!"

갈원이 소리치는 사이 나종악과 위안창이 안으로 뛰어들었다.

"이공자!"

동시에 무덤을 뒤흔드는 굉음.

쿠구구궁! 콰과과광!

통로의 천장이 무너지기 시작했다.

동방기는 뒤를 슬쩍 고개를 돌려서 사운평과 이연연을 쳐다보고는 이를 악물고 안으로 들어갔다.

'부디 살아서 만나자. 다음에 만날 때는 나도 전과 달라져 있을 거다.'

앞쪽에 있던 사람들이 꼬리를 물고 석벽 안쪽으로 뛰어들었다.

사운평도 무조건 안으로 들어갈 생각이었다.

그런데 이연연이 머리 위에서 떨어지는 돌덩이를 피하기 위해서 뒤로 물러서는 것이 아닌가.

"조심해, 연연아!"

호우가 재빨리 두 팔을 올려서 돌을 쳐내며 이연연의 머리를 보호했다.

사운평이 다급히 이연연의 팔을 잡아당겼다.

그 사이 석벽 위쪽 천장의 거대한 돌덩이가 내려앉으면서 두씨 형제 중 둘째인 두선이 커다란 돌덩이에 깔렸다.

"크억!"

"선아!"

첫째인 두억이 동생을 불렀다. 그러나 두선은 외마디 비명을 내지른 후 돌덩이에 완전히 깔려서 즉사했다.

그 위로 또 다른 돌덩이들이 쌓이더니 순식간에 통로가 막혀버렸다.

사운평은 앞으로 나아가기는커녕 이연연을 데리고 정신없이 물러섰다.

천장이 통째로 내려앉고 있었다.

*　　　*　　　*

천장은 한참 동안 자잘한 돌덩이를 쏟아낸 다음에야 조용해졌다.

다른 곳도 붕괴가 멈췄는지 진동과 소리가 서서히 가라앉고 있었다.

그나마 그 정도에서 그친 것이 다행이었다.

통로 전체가 무너졌다면…….

생각하는 것만으로도 끔찍했다.

"젠장!"

사운평의 입에서 짧은 불평이 터져 나왔다.

"죄송해요, 오빠."

이연연은 자신의 잘못 때문에 석벽 안으로 들어가지 못한 것 같아서 미안하기만 했다.

사운평이 재빨리 손사래 쳤다.

"아, 아냐? 왜 네가 미안해? 석벽을 한 번에 무너뜨리지 못해서 벌어진 일인데."

"그래도 저 때문에……."

"에이, 너와 상관없는 일이라니까? 그건 그렇고, 몸은 어때?"

"걱정 마세요. 크게 다친 곳은 없어요."

떨어지는 자갈과 제법 큰 돌에 맞아서 자잘한 상처가 많았다. 몸 이곳저곳이 욱신거렸다.

하지만 사운평이 걱정할까 봐 말하지 않았다.

오히려 그녀는 자신보다 호우를 더 걱정했다.

날카롭게 쪼개진 돌덩이에 맞은 뺨이 찢어져서 피가 흘러내렸다. 아마 그가 아닌 다른 사람이었다면 머리통이 으깨져서 죽었을지 몰랐다.

게다가 몸 여기저기도 돌에 맞아서 옷이 찢어지고, 찢어진 옷 사이로 시퍼렇게 물든 살이 보였다.

"호우 아저씨, 괜찮아요?"

이연연이 걱정스런 표정으로 묻자, 호우가 헤벌쭉 웃었다.

"헤헤, 괜찮아. 이 정도야 다친 것도 아니지 뭐."

다 죽어가던 그가 이삼일 만에 멀쩡해지지 않았던가? 그때에 비하면 오늘의 상처는 상처도 아니었다.

사운평은 그를 조금도 걱정하지 않고 조연홍을 바라보았다.

이연연을 제외하면 일행 중 곁에 남은 사람은 호우와 조연홍뿐이었다.

다행인지 불행인지 초롱불을 든 그가 있어서 어둠과 싸우지 않아도 되었다.

조연홍이야 후회 막심했지만.

'제기랄! 내가 왜 안으로 안 들어갔지?'

자신은 불을 들었기 때문에 앞쪽에 있었다. 들어가려고 마음먹었다면 얼마든지 들어갈 수 있었다.

그런데…… 거꾸로 물러섰다. 사운평이 뒤에 남은 걸 보고.

왜 그랬는지 아무리 생각해도 이해할 수 없었다.

자신이 남았다 해서 알아줄 사운평도 아닌데.

구박이나 안하면 다행이지.

"앞에 있었으면 재빨리 들어갈 것이지, 왜 멍청하게 뒤로 와?"

'저런 사람이 뭐가 좋다고 남은 거야? 멍청이!'

더 화가 나는 것은 사운평의 다음 말에 서운한 감정이 눈 녹듯 풀어진다는 점이다.

"어쨌든 네가 옆에 있으니 마음이 놓인다."

"대형이 계신데 저 혼자 어떻게 가요?"

만약 살아서 만나면 나중에 무슨 꼴을 당하라고?

그런 마음이었지만, 그래도 사운평의 걱정해 주는 말을 들으니 이상하게 가슴이 먹먹해졌다.

"몸은 어때? 아까 보니까 떨어지는 돌에 맞은 것 같던데?"

"견딜 만해요."

"조심하지. 그러다 뼈라도 다치면 어쩌려고 무리를 해?"

"더 크게 다친 적도 많았는데요 뭐."

대충 얼버무리는데 갑자기 눈 가장자리가 찡하니 울리며 물기가 고였다.

'빌어먹을, 내가 왜 이러지?'

조연홍의 마음을 알 리 없는 사운평은 고개를 돌렸다.

백원양이 그의 옆에 있었다.

그는 본래 남가진이 업고 있었는데, 천장이 무너질 때 남가진의 등에서 떨어졌다.

백원양을 놓친 것이 고의였는지, 아니면 떨어지는 돌덩이 때문에 어쩔 수 없이 놓쳤는지는 남가진만이 알 일이었다.

"백 장주, 괜찮으십니까?"

백원양이 창백한 안색으로 희미한 미소를 지었다.

"자네 눈에는 괜찮게 보이나?"

그의 부상은 살아 있는 게 신기할 정도로 심각했다.

사운평도 그의 상태를 모르지 않았다. 그러나 모른 척하고 엉뚱한 말만 했다.

"연홍, 우리가 몇 명 처리했지?"

"예?"

"한 사람 당 백 냥 받기로 했잖아."

"아, 예……. 다섯 명입니다."

지독한 대형!

"그럼 오백 냥이군."

고개를 주억거린 사운평이 백원양을 바라보았다.

"백 장주께 그 돈을 받으려면 당연히 괜찮아야 하지 않겠습니까?"

백원양이 피식, 실소를 지었다.

눈치라면 천하제일인 그다. 사운평이 자신을 위해서 너스레를 떤다는 걸 왜 모르겠는가.

"미안하지만 그 돈은 내가 줄 수 없을 것 같군. 나중에 부궁주를 만나면 달라고 하게나. 솔직히 나와 직접 계약한 것도 아니지 않은가?"

"그건 그렇죠. 근데…… 제가 몸을 좀 살펴봐도 되겠습니까? 이래 봬도 부상을 치료하는 기술은 의원 못지않죠."

"자네 의술이 아무리 뛰어나도, 심맥 세 곳이 끊어지고 내장에 구멍이 난 것은 고칠 수 없을 거네. 거기다 피를 너무 많이 흘렸어."

"그 정도입니까?"

"지금 자네 얼굴을 볼 수 있는 것만 해도 고마울 지경이지."

말하는 백원양의 눈매가 가늘게 떨렸다. 천화신공으로 겨우 버티고 있건만 이제 사운평을 볼 수 있는 시간도 얼마 남지 않은 듯했다.

"쳇, 고맙기는. 아직 받을 것도 많은데……."

"자넨 나갈 수 있을 거야."

"명이 길어서 죽지는 않는단 말이죠?"

"물론이지. 더구나 전화위복의 상까지 지니고 있다네. 고생이야 좀 할지 몰라도……."

"그래요? 그거 반가운 이야기군요."

설마 지금보다 더 고생하겠어?

"단, 갈림길이 나오거든 무조건 왼쪽으로 가게."

"그거야 어려울 것 없죠. 근데 꼭 이 안을 잘 아는 것처럼 말하시는군요."

"이 안을 잘 아는 게 아니네. 자네를 조금 아는 거지."

"쩝, 누가 점쟁이 아니랄까봐……."

백원양이 보일 듯 말 듯 미소를 지은 채 처연한 눈을 들어서 허공을 응시했다.

"딸애를 만나거든…… 살아서 돌아가지 못해 미안하다고 전해 주게나."

"그런 이야기는 장주가 직접 하면 좋을 텐데."

백원양의 입술이 파르르 떨렸다.

"자넨 정말…… 이해하기가 힘든 사람이야."

"언젠가 어머니도 그런 말을 했죠. '너는 정말 알 수 없는 놈이야.' 라고 말이죠."

"허허허……."

나직한 웃음소리가 축축한 늪지 저 깊은 곳으로 가라앉는 듯하다.

사운평은 착잡한 눈길로 백원양을 바라보았다.

"이거 하나만은 분명히 말씀드리죠."

백원양의 눈꺼풀이 사운평의 말을 재촉하듯 푸들거리며 떨렸다.

"이번 일을 계획한 놈들, 사람 잘못 건드린 겁니다. 아시죠? 무슨 말인지."

안다. 너무나 잘 안다.

눈앞에 있는 괴물을 모른 것이 '그들'의 가장 큰 실수일 것이다.

백원양은 대답을 하듯 눈꺼풀을 감았다 뜨기를 두 번 반복했다.

그리고 세 번째 눈이 감긴 후…… 다시는 뜨지 못했다.

가슴의 기복도 잔잔해졌고.

숨이 멎은 그를 향해 사운평이 말했다.

"그리고 오늘 빚은 궁주라는 양반한테 단단히 받아낼 거요. 안 주면 기둥뿌리가 몇 개 부러질 것이니 이해하쇼."

아마 백원양이 죽기 전에 그 말을 들었다면 다시 눈을 떴을지 몰랐다.

"돌아가셨나요?"

이연연이 안타까움 가득한 어조로 물었다.

사운평은 묵묵히 고개만 끄덕였다.

"이제 어떻게 하실 거예요?"

"연홍, 뒤쪽을 살펴보고 와라."

조연홍은 뒤쪽으로 가더니 구비를 돌자마자 되돌아왔다.

"대형, 뒤도 막혔습니다."

인기척이 느껴지지 않을 때부터 어느 정도 예상은 하고 있었다.

조연홍을 보낸 것은 확인을 위한 것일 뿐.

사운평은 고개를 돌려서 돌덩이로 쌓인 통로를 바라보았다.

"별 수 없지. 뚫고 가는 수밖에."

마침 그런 일에 적격인 사람도 있었다.

"연홍, 호우 형이 돌을 들어내면 네가 상황을 점검해. 왜 도둑들은 토굴을 팔 때도 무너지지 않게 잘 파잖아?"

그때였다.

'응?'

벽 반대편에서 인기척이 느껴졌다.

사운평은 귀를 쫑긋 세우고 벽 반대편에 청각을 집중시켰다.

조연홍과 이연연도 긴장한 표정으로 벽을 바라보았다.

쿠구궁.

벽이 울렸다.

사운평은 또 벽과 천장이 무너지는 것 아닌가 싶어서 안색이 해쓱해졌다.

"그만 쳐! 천장이 무너질지 모르니까!"

하지만 그의 말이 끝나기도 전에 다시 한 번 북소리가 났다.

쿠궁!

이어서 벽에 금이 쩍쩍 가더니 돌덩이가 통로 안쪽으로 무너졌다.

"연연아, 호우 형하고 한쪽으로 가있어!"

이연연에게 소리친 사운평은 무너진 벽을 노려보았다.

"어떤 멍청한 놈들이……!"

그의 마음에 답하듯 장한 하나가 무너진 벽을 비집고 통로로 들어선다.

그를 바라본 사운평이 눈을 휘둥그렇게 떴다.

"이게 누구요?"

"응? 자넨……?"

먼지를 뒤집어쓴 머리카락이 제멋대로 흐트러진 장한, 악종화의 눈도 커졌다.

그리고 뒤따라서 통로로 나온 커다란 덩치의 청년, 관호도 눈을 흡떴다.

"엇? 사 문주?"

천도맹은 모두 서른두 명이 들어왔다.

그런데 기관을 만나고 싸움이 벌어지면서 뿔뿔이 흩어지고, 악종화와 관호를 비롯한 일곱 명이 함께 움직였다.

"그러다 무덤이 붕괴되면서 다섯이 죽고 소맹주와 나만 남았네."

악종화가 분노를 억누르며 입술을 씹었다.

사운평은 그의 마음을 이해했다.

악종화는 물론이고 관호도 적지 않은 상처를 입은 상태다. 그동안 얼마나 고생했는지 물어볼 것도 없었다.

"다른 사람들은 어찌되었는지 모르겠소."

"아마 다른 사람들도 사정은 비슷할 거요."

"이 관 모의 생각으로는 누군가가 무덤을 붕괴시킨 것 같은데, 사문주는 어찌된 일인지 아는 바 없소?"

관호가 분노의 불길이 일렁이는 눈으로 물었다.

"짐작 가는 바가 없는 건 아니오."

"알려 주시오. 죽더라도 이유는 알고 죽어야 저승에 가서라도 복수할 수 있지 않겠소?"

사운평은 자신이 아는 한도 내에서 그간의 일을 간략하게 말해 주었다.

물론 약간의 과장도 양념처럼 적절하게 섞었다. 제삼의 적과 싸우려는 사람이 많으면 많을수록 좋으니까.

더구나 그 사람이 천도맹의 젊은 호랑이라면 대환영이었다.

젊은 호랑이가 움직이면 늙은 호랑이도 움직이겠지.

"……그래서 우리 천해문은 그들에 대해서 철저히 조사할 생각이 오."

"여기서 살아나갈 수만 있다면, 우리 천도맹도 사 문주를 최대한 돕겠소."

"그렇다면 고맙지요."

막강한 원군을 하나 얻었다. 물론 살아서 나갔을 때의 이야기지만.

"자, 이럴 게 아니라 일을 시작해 봅시다."

                    *   *   *

석벽 안쪽으로 들어간 사람들은 옷을 찢어서 불을 붙이고 더 깊숙이 들어갔다.

빠져나오지 못한 사운평 등을 제외하고도 인원이 몇 명 줄어든 상태였다.

상대적으로 무공이 약한 홍명 일행 중 두 명이 붕괴된 천장에 깔린 것이다.

'살려줘!' '발이 깔렸어! 나 좀 구해줘!'

죽어가면서 외치던 처절한 비명과 애원의 목소리를 뒤로 한 채 위험지역을 벗어난 사람들은 다른 자의 죽음을 안타까워할 마음의 여유가 없었다.

지금은 자신의 목숨을 돌보기도 힘들었다.

정말 이곳에서 빠져나갈 수 있을까?

석벽에서 칠팔 장 안쪽부터는 자연 동굴이었다. 벽에 갈라진 부분이 있긴 했지만 인위적으로 쌓은 곳과 달라서 붕괴되진 않았다.

무덤의 붕괴가 멈추고 굉음이 들리지 않을 때쯤, 생존자들은 동굴이 두 갈래로 갈라지는 곳에 도착했다.

갈림길에 선 자들의 의견도 두 갈래로 갈렸다.

"저 안에 있는 문주는 놔두고 가실 겁니까? 붕괴가 멈췄으니 어떻게 되었는지 확인해봐야 하지 않겠습니까?"

위지강의 말에 궁탁과 북야진, 북야설, 예리상은 동조의 표정으로 사람들을 바라보았다.

갈원과 막귀붕, 낙수교 등 나름대로의 사연으로 사운평과 엮인 사람들은 대답을 머뭇거렸다.

그러나 나종악의 생각은 확고했다. 그는 다시 돌아가고 싶은 마음이 없었다.

"지금은 멈추었다 해도 언제 또 무너질지 모르네. 게다가 안쪽이 모두 무너졌다면 괜한 위험만 자초할 뿐이야."

"아무리 그래도 시도조차 해 보지 않고 그냥 갈 수는 없습니다."

"이미 많은 사람이 죽었지 않은가? 우린 더 이상 희생을 원치 않네."

"아마 문주가 아니었다면 당신들은 여기에 있지도 못했을 거요."

궁탁의 무뚝뚝한 말에 나종악의 얼굴이 붉어졌다.

"우리도 그 점은 고맙게 생각하네. 하지만 그렇다고 해서 다시 저 지옥 속으로 들어갈 마음은 없네."

"은혜를 입은 건 알지만 갚을 마음은 없다?"

"누가 갚지 않겠다고 했나? 상황이 이러니 당장은 어쩔 수 없다는 말 아닌가?"

분위기가 묘하게 흐를 즈음, 갈원이 신중한 표정으로 말했다.

"일단 밖으로 나가는 길을 찾아낸 후에 다시 생각해 보세. 문주를 구출하려면 하다못해 횃불이라도 있어야 할 것 아닌가?"

그 말도 일리가 있었다. 대부분의 사람이 그 말에 찬성했다.

막귀붕도 그중 한 사람이었다.

"갈 대협의 말이 옳네. 무작정 구하려고 달려드는 것보다는 준비를 갖추고 다시 오는 게 좋겠군."

위지강이나 궁탁 등 천해문 사람들도 더 이상 자신들의 주장만 고집할 수 없었다.

"좋습니다, 그럼 밖으로 나가게 되면 그 즉시 횃불을 만들어서 다시 들어오도록 하지요."

첫 번째 갈림길에서는 왼쪽을 택했다. 그리고 두 번째 갈림길에서는 오른쪽 길로 꺾어졌다.

이십여 장을 가자 동굴이 급격히 위로 꺾어졌다.

동방기가 옷에 불을 붙여서 동굴 위쪽을 비쳐보았다. 옷에 붙은 불이 거세게 흔들렸다.

그걸 본 갈원의 표정이 밝아졌다.

"바람이 들어오는 걸 보니 위와 통하는 것 같군. 제대로 찾아왔어!"

위쪽으로 꺾어진 동굴의 길이는 무척 길었다.

일 각에 걸쳐서 빛 한 점 없는 험준한 동굴을 기어오르자 외부의 빛이 보이기 시작했다.

사람들의 움직임이 빨라졌다.

비록 희미한 빛이었지만 그들에게는 어둠 속 바다를 비추는 등불이나 다름없었다.

"드디어 밖이 얼마 남지 않았군!"

나종악이 격동을 참지 못하고 소리쳤다.

다른 사람들 역시 같은 마음이었다. 마침내 지옥에서의 탈출이 성공한 것이다.

나종악을 필두로 해서 빠르게 동굴을 통과한 사람들은 밖으로 나갔다.

무덤 대신 울울창창한 숲이 우거진 능선이 좌우를 달렸다. 아마도 동굴이 능선 하나를 가로지른 듯했다.

동굴 밖에 서서 전면을 바라보던 사람들의 눈빛이 너나 할 것 없이 잘게 떨렸다.

녹림 위로 밝은 빛이 눈부시게 쏟아졌다. 쪽빛 하늘은 너무나 푸르렀다.

평상시 아무렇지도 않게 생각했던 산야가 이렇게 아름다울 줄이야!

"미처 몰랐군. 내가 사는 곳이 이렇게 아름답다니."

위안창이 허허로운 표정으로 말하며 하늘을 올려다보았다.

다른 사람들도 그 말을 듣고 가슴이 먹먹해졌다.

무덤 속이 지옥이라면, 자신들이 살고 있는 이 세상이 바로 천당이었다.

그 사실을 왜 몰랐을까?

위지강도 가슴이 뜨거워졌다.

'앞으로는 사는 게 조금 더 즐거울지 모르겠군.'

그는 고개를 옆으로 돌렸다. 마침 그의 옆모습을 바라보던 북야설과 눈이 마주쳤다.

"다친 곳은 어때?"

눈이 마주치자마자 북야설이 물었다. 목소리는 여전히 싸늘한데, 말투가 왠지 어색했다.

마치 당황한 사람처럼.

"윽! 정신이 없다 보니 뼈 부러진 것도 잊었구려."

"괜찮아?"

"아직은 견딜 만한데……."

"문주를 구하는 것보다 다친 곳부터 치료해야겠어."

"소저는 다치지 않았소?"

"살짝 긁히기만 했을 뿐이야."

북야설은 싸한 느낌이 드는 얼굴을 손으로 만졌다.

뺨에서 쓰린 통증이 느껴졌다. 날카로운 무언가에 긁혀서 상처가 난 듯했다.

전이었다면 칼날에 깊이 베어졌다 해도 눈 하나 꿈쩍 않았을 텐데…… 이상하게도 무척 속이 상했다.

'하필이면 왜 얼굴이야? 차라리 다른 곳을 다치지.'

위지강은 처음 보는 그녀의 표정에 웃음이 나왔다.

"왜 웃어?"

"소저와 함께 살아서 나온 게 기뻐서 웃은 거요."

"실없긴……."

북야설은 툭 쏘아붙이면서도 싫지 않은 표정이었다.

위지강은 그런 북야설이 그 어느 때보다 아름답게 느껴졌다.

어쩌면 실낱같은 희망으로 붙잡고 있던 과거의 사랑을 잊어야할지도 모르겠다.

'미안해, 영매.'

그때였다.

"누가 다가오고 있네."

나종악이 긴장한 목소리로 말하며 좌우를 둘러보았다. 다른 사람들도 격동을 가라앉히고 주위를 살펴보았다.

스스스스스.

나뭇잎 스치는 소리.

강렬한 살기가 해일처럼 밀려든다.

"웬 놈들이냐!"

위안창이 굳은 표정으로 소리쳤다.

그에 대한 대답으로 수십 개의 그림자가 날아들었다.

뒤이어 떨어진 짤막한 명령.

"모두 죽여라!"

악에 바쳐 있던 지옥의 생존자들도 눈에 핏발이 섰다.

상대가 누군지는 알 것도 없었다.

죽이기 위해 달려드는 자들은 적일 뿐!

"오냐, 이놈들! 누가 죽는가 보자!"

*   *   *

조연홍은 솜씨를 발휘해서 뒤엉켜 있는 돌덩이들을 절묘하게 분리해냈다.

악종화와 관호가 분리해낸 돌덩이를 옮겼다.

호우는 혹시 모를 상황에 대비해서 이연연을 지키고, 사운평은 맨 뒤에서 초롱불을 들고 작업 현장을 밝혔다.

"조심해서 빼내쇼. 잘못하면 머리 위에서 돌덩이가 덮칠지 모르니까."

가끔은 그렇게 재수 없는 말도 하면서.

어쨌든 반 시진 동안 조심스럽게 돌을 옮겨서 한 사람이 통과할 만한 공간을 만들어냈다.

어차피 다 들어낼 것도 없었다. 다 들어내려 했다가는 천장이 다시 붕괴될지 모를 일이다.

앞에서 길을 개척하던 조연홍은 통로가 뚫리자 밝은 표정으로 말했다.

"대형, 안쪽은 멀쩡한 것 같습니다."

"그래? 불을 받아서 자세히 살펴 봐."

사운평이 초롱불을 앞으로 넘겼다.

초롱불을 든 조연홍을 필두로, 악종화, 관호, 호우, 사운평, 이연연이 차례대로 공간을 통과해서 석벽 안쪽에 내려섰다.

무너뜨린 석벽 안쪽은 일부만 인공이 가미되었을 뿐 삼 장을 지나서부터는 천연 동굴이었다. 그 때문에 붕괴의 영향을 덜 받은 상태였다.

"이미 빠져나갔나 보군."

먼저 들어간 사람들의 기척이 어디에서도 느껴지지 않는다.

상당한 시간이 흘렀으니 동굴이 몇 십리 되지 않는 이상 빠져나갔다고 봐야 했다.

사운평은 자신들을 구하려하지 않고 그냥 간 사람들이 조금은 야속했다.

하지만 그들의 마음을 이해하기로 했다. 자신이라 해도 그냥 갔을 테니까.

어떤 미친놈이 돌덩이에 깔려 죽을지 모르는데 무너진 통로를 뚫는단 말인가?

"가죠."

그때였다.

콰르르르릉! 콰과광!

동굴 저 안쪽에서 굉음이 울렸다.

발을 타고 그 울림이 그대로 전해졌다.

발걸음을 옮기려던 사운평은 석상처럼 굳어서 눈을 부릅떴다.

조연홍과 관호, 악종화도 다르지 않았다.

"뭐, 뭐야?"

"저 안쪽에서 들리는 소리 같은데요?"

"그 정도는 나도 알아. 그런데 왜 저 안쪽이 무너지는 거지?"

투두두둑.

천장에서 자잘한 돌조각이 떨어졌다.

무덤 안쪽도 진동의 여파로 우르릉거리며 울어댔다.

"일단 들어가 보죠."

조연홍이 초조한 표정으로 말했다.

하긴 다시 무덤 안으로 들어가지 않는 이상 다른 선택은 없었다.

다행히 이번 굉음은 오래가지 않아서 멈췄다.

"제기랄, 도대체 또 무슨 일이 벌어지는 거야?"

사운평은 투덜거리며 겨우 걸음을 옮겼다.

동굴은 십여 장을 지날 즈음 좌우로 갈라졌다.

"어느 쪽으로 가죠?"

조연홍이 물었다.

사운평은 백원양이 남긴 말에 충실히 따랐다.

"좌측으로 가자."

조연홍도 백원양의 말을 들었기에 그 말이 떨어지자마자 좌측으로
방향을 틀었다.

십여 장을 전진하자 또 길이 갈라졌다.

조연홍은 물어볼 것도 없이 좌측으로 가면서 사운평을 돌아보았

다.

그런데 사운평이 걸음을 멈추고 눈을 가늘게 좁혔다.

"왜 그래요?"

이연연이 물었다.

"어, 오른쪽으로 간 사람들이 있으면 어떻게 되었는지 궁금해서."

사운평뿐만이 아니라 이연연과 조연홍도 궁금했다. 호우야 '그게 뭐 어땠다고?' 하는 표정이었지만.

반면 악종화와 관호는 의아한 표정을 지었다.

관호가 물었다.

"오른쪽으로 가면 안 되는 거요?"

"강호제일의 점쟁이가 왼쪽으로만 가라고 했소."

악종화는 기도 안 찬다는 듯 이마를 잔뜩 찌푸렸다.

"이 판국에 점쟁이 말을 믿겠다는 건가?"

"그 점쟁이가 남긴 말이 지금까지 하나도 틀리지 않았다면 들을 만하지 않겠소?"

"누군데……?"

"낙양의 백운선생. 아까 만났을 때 봤던 시신이 바로 그 사람이죠."

악종화도 백운선생에 대한 소문은 들었다.

하지만 쉽게 고집을 꺾지 않았다.

"점쟁이가 자신의 죽음을 모르고 들어오다니, 그리 뛰어난 점쟁이는 아니었나 보군."

"알았소."

악종화의 눈이 커졌다.

"알았다고? 그럼 자신의 죽음을 알고도 이곳에 들어왔단 말인 가?"

"그렇소. 그래서 그 사람의 말을 무시하지 못하는 거요."

결국 갈림길에서 좌측으로 세 번 꺾어졌다.

반듯한 길이었다면 제 자리로 돌아오거나 뱅뱅 도는 꼴이 되었을지 모른다.

아마 누구든 그러한 생각을 했을 것이고, 그 때문에 연속 한쪽으로 꺾어지는 길을 가지는 않았을 것이다.

그러나 동굴이 구불구불해서 그런 일은 벌어지지 않았다.

네 번째 구비를 돌자 저만치 희미한 빛이 보였다.

사운평은 동굴을 다 빠져나온 것이라 생각하고 쾌재를 불렀다.

'드디어 살아서 빠져나왔군! 그 양반이 천하제일의 점쟁이인 것은 확실하다니까.'

다른 사람들도 밝아진 표정으로 힘찬 걸음을 내딛었다.

하지만 그들은 동굴을 나서자마자 걸음을 멈추고 눈을 크게 떴다.

"어?"

"······?"

동굴 밖에는 광장이 펼쳐져 있었다. 아니 광장이라기보다는 양쪽이 깎아지른 절벽으로 이루어진 협곡이라고 봐야 옳았다.

위로 올라갈수록 폭이 점점 좁아져서 까마득한 계곡 꼭대기가 거의 붙어있다시피 한 협곡.

더구나 저 멀리 보이는 협곡의 끝도 어두컴컴한 절벽이었다.

그나마 다행히 꼭대기의 좁은 틈새에서 쏟아지는 빛 덕분에 주변 경관을 살피는 일은 어렵지 않았다.

폭이 이십여 장, 길이가 백 장 정도. 협곡 저편에서 흘러나온 물줄기가 중앙에서 작은 연못을 이룬 후 좌측의 절벽 아래쪽으로 흘러들어간다.

아마도 지하수로가 있는 모양이다.

"젠장, 설마 절벽을 타고 올라가야 하는 건 아니겠지?"

악종화가 고개를 쳐들고 투덜댔다.

절벽의 높이는 까마득했다.

육칠십 장 정도?

표면은 온통 이끼로 덮여 있고, 위로 올라갈수록 절벽이 안쪽으로 꺾어져서 올라갈 엄두도 나지 않았다.

"후우, 태산을 넘었더니 천산이 나오는군."

사운평도 한숨이 절로 나왔다.

그의 신법이 아무리 강호제일이라 해도 허공을 새처럼 마음대로 날 수는 없다.

'박쥐처럼 매달려서 이동한다면 가능할 것도 같은데…….'

그것도 몸이 정상일 때 이야기다. 연이은 싸움으로 삼 할 정도 내공이 소모되었고, 내상도 가볍지 않았다.

무리했다가 진기의 흐름이 막히기라도 하면?

감나무에서 떨어진 홍시 신세가 되겠지.

모두가 암담한 마음인데도 이연연의 표정은 밝았다.

죽음의 위기를 몇 번이나 겪어본 그녀에게는 지금 당장의 상황이 중요했다.

단 며칠이라도 즐겁게 지낼 수 있다면 그게 어디야?

즐길 시간도 부족한 판에 썩은 땡감처럼 우중충한 마음으로 시간을 보낼 이유가 없었다.

"와아! 정말 아름다운 곳이네요."

그녀는 이 장 높이의 경사면을 내려가서 계곡물에 손을 씻었다.

사운평은 그 모습을 보고 피식 웃었다.

'그래, 여기까지 왔는데 미리부터 겁먹을 필요는 없지.'

사실 올라갈 걱정만 아니라면 무척 아름다운 협곡이었다. 단순히 아름다운 정도가 아니라 기경(奇境)이라 할만 했다.

절벽 전체가 이끼로 덮여 푸르스름하고, 그 사이사이에 고사리류의 식물들이 자라나서 절묘한 조화를 이룬다.

계곡 곳곳에 촛대처럼 솟아있는 수십 개의 기암괴석.

햇빛이 많이 들어오지 않음에도 계곡물 주변에 온갖 식물들이 자라고 있다.

빠져나갈 길만 있다면야 사운평도 바로 떠나고 싶지 않을 정도로 아름다운 풍경.

이런 곳에서 이연연과 노닥거리며 놀면 얼마나 좋을까?

하지만 그러기에는 할 일이 너무 많았다.

"쉬면서 몸을 추스르고 안쪽을 자세히 조사해 보죠."

"대형, 제가 동굴 안쪽에 다른 길이 있나 알아볼까요?"

오른쪽으로 꺾어진 동굴을 살펴보겠다는 뜻.

"그것도 괜찮은 생각이군. 위험할지 모르니까 조심하고, 너무 깊숙이 들어가진 마."

"예, 대형."

자상한 사운평의 목소리에 얼굴이 달아오른 조연홍은 초롱불을 들고 동굴 안으로 들어갔다.

일행들은 조연홍이 좋은 소식을 가져오기를 기다렸다. 그러나 일각 만에 돌아온 그는 절망적인 소식만 전했다.

"대형, 빠져나갈 길이 없습니다. 한 곳은 위로 동굴이 뚫렸는데, 무너져서 막혔습니다. 아무래도 좀 전에 붕괴된 것 같습니다."

"다른 곳은?"

"한 곳은 막혔고, 한 곳은 너무 좁아서 사람이 통과할 수 없습니다."

백원양의 예측은 솜털이 곤두설 정도로 정확했다.

사운평은 그래서 실망하지 않았다.

"자넨 나갈 수 있을 거야."

백원양이 그렇게 말했으니까.

第十章

녹령동(綠靈洞)

두 시진에 걸쳐서 몸을 다스린 사운평 일행은 협곡에 대한 조사를 시작했다.

관호와 악종화가 가장 깊은 곳을, 조연홍이 호우와 우측 절벽을 맡았다.

사운평은 이연연과 함께 좌측 절벽을 조사하기로 하고 느긋이 협곡을 거닐었다.

축축한 이끼로 뒤덮인 절벽은 멀리서 보던 것보다 훨씬 미끄러웠다. 바닥도 이끼로 뒤덮인 곳이 많았다.

초록과 갈색으로만 이루어진 세상. 출구가 없는 세상은 묘한 감흥을 불러 일으켰다.

'이렇게 조용한 곳에서 사는 것도 괜찮을 것 같은데…….'

슬쩍 고개를 돌리자 이연연은 여전히 즐거운 표정이었다. 협곡을 나가든 나가지 못하든 상관없다는 듯.

"오빠, 이리 와보세요."

"왜?"

이연연이 몸을 돌리며 절벽을 향해 손을 뻗었다.

"여기 이 절벽에……."

그때였다.

"어마!"

이끼로 덮인 경사면에서 몸을 돌리던 이연연이 외마디 경악성을 내질렀다.

나름대로 조심했는데도 바위를 덮은 이끼가 벗겨지면서 미끄러진 것이다.

그녀는 황급히 손을 뻗어서 절벽을 짚었다. 이끼가 손에 긁히면서 죽 벗겨졌다.

근처에 있던 사운평이 화들짝 놀라서 이연연을 향해 몸을 날렸다.

"조심해!"

사운평은 중심을 잃고 쓰러지는 이연연의 허리춤을 낚아채서 끌어당겼다.

이연연의 가녀린 몸이 사운평의 가슴에 안기듯 들어왔다.

이연연도 손을 뻗어서 사운평의 목을 끌어안았다.

왠지 묘한 광경.

조연홍은 멀찍이서 멋쩍은 표정 반, 부러운 표정 반의 미묘한 표정을 지었다.

"죄송해요. 두어 걸음 걸어도 괜찮기에 방심했어요."

"다친 곳은 없어?"

"괜찮아요."

사운평은 여전히 이연연을 안은 채, 코앞에 있는 그녀의 눈을 똑바로 바라보았다.

갑자기 가슴이 쿵쾅거리며 뛰었다. 입술이 바짝 말랐다.

아무도 없으면 저 붉은 입술을…….

슬쩍 고개를 돌린 그는 다른 사람들의 눈치를 살펴보았다.

계곡물 건너편에 있던 조연홍이 슬그머니 고개를 돌렸다. 호우는 멀뚱멀뚱한 표정으로 쳐다보기만 했고.

사운평은 모른 척하고 이연연을 놓지 않았다. 찰싹 달라붙은 가슴의 감촉이 너무나 좋아서 떨어지면 심장이 식어버릴 것 같았다.

"괜찮다니 다행이네. 바닥을 잘못 짚었으면 손목을 다칠지도 모르는데."

그의 손에 은근히 힘이 들어갈 즈음, 안쪽 협곡을 살펴보러 갔던 관호가 악종화와 함께 달려왔다.

"사 문주, 저 안쪽 절벽도 막히긴 했지만 이곳보다는 나은 것 같소."

"그래요?"

이연연이 그제야 아쉬워하는 표정으로 사운평의 품에서 빠져나왔다.

'오빠 품은 정말 넓고 포근해.'

사운평도 무척 아쉽고 허전했지만, 그녀를 다시 안기도 좀 그랬다.

'조금 늦게 와도 되는데.'

그때 사운평의 눈이 커졌다.

"어?"

이연연이 손을 짚었을 때 이끼가 벗겨진 절벽에서 이상한 점이 눈에 들어온 것이다.

이연연도 그제야 생각난 듯 봉목이 더욱 커졌다.

"아, 맞아. 오빠, 절벽이 조금 이상해요."

"글자가 새겨진 것 같은데?"

그랬다. 이끼가 벗겨진 절벽에 글자가 새겨져 있었다.

오랜 세월이 지나면서 이끼가 글자를 덮은 듯했다.

"그래요? 비켜보세요, 대형. 아, 함부로 손대지 말고요! 그러다 부서지면 어떡하려고 그래요?"

조연홍이 사운평의 곁으로 급히 다가오며 핀잔을 주었다.

절벽을 손으로 쓸어내던 사운평이 멈칫하고는 뒤로 물러섰다.

'자식, 그냥 물러서라고 말하면 입술이 부르트나?'

사운평을 밀어낸 조연홍이 품속에서 붓처럼 생긴 물건을 꺼내고는 이끼가 벗겨진 곳을 쓸어냈다.

"적어도 수백 년은 된 것 같아요. 아무리 바위에 새겨진 글이라도 해도 오랜 세월이 흐르다 보면 부스러질 수 있죠. 그럴 경우 점 하나 때문에 뜻이 달라질 수도 있으니 조심해서 다루어야 한다고요."

"도둑답게 사소한 것도 신경 쓰는군. 돌에 새겨진 건데 쉽게 상하겠어?"

어지간하면 조연홍이 도둑이란 사실을 밝히지 않았다. 하지만 기분이 살짝 상한 사운평은 말을 아끼지 않았다.

조연홍은 그 말에도 흔들리지 않았다. 나름대로 천하제일이라는 자부심을 갖고 있는 그에게 '도둑'은 창피한 말이 아니었다.

"특급 도둑이 되려면 사소한 것도 놓치지 않아야 하죠. 하긴 사람 죽이는 일이나 하는 살수는 그런 걸 알지 못하겠지만요."

'저 자식이!'

"흠, 글자가 제법 많이 새겨져 있는데요?"

조연홍은 뒤에서 사운평이 노려보든 말든 절벽의 이끼를 조심스럽게 떼어냈다.

그가 붓처럼 생긴 물건으로 글자 속에 있는 흙과 이끼의 뿌리를 털어낼 때마다 선명한 글자가 하나하나 드러났다.

사운평은 상한 기분을 떨치고 시선을 절벽에 고정시켰다.

글자는 오륙 장 넓이에 걸쳐서 듬성듬성 새겨져 있었다. 많은 곳은 백여 자, 적은 곳은 십여 자에 불과했다.

유려하고 멋진 글씨체는 아니었다. 그러나 거칠고 강하게 느껴지는 글자 자체에서 글쓴이의 처절한 한과 비장한 마음이 그대로 느껴졌다.

[놈들에게 속아서 여든다섯 명이 갇혔다. 속은 것을 알았을 때는 대부분 독에 중독된 상태였다. 형제들은 독기를 억누르고 필사적으로 탈출로를 찾아보았지만 놈들이 설치한 기관을 넘어서지 못했다. 결국 물 한 방울 없는 지옥

에서 형제들이 한 사람, 한 사람 죽어가고, 나 하나만 남았다.]

[나는 마지막까지 희망을 버리지 않았다. 중독되지 않은 형제들의 피와 살을 마시고 먹으며 악착같이 버텼다. 살을 씹을 때마다 슬픔이 복받쳤다. 숨을 쉴 수 없을 정도로 목이 메었다. 하지만 한을 심장에 되새기며 참았다. 지금도 눈을 감으면 형제들의 원혼이 울부짖는 듯하다. 나를 원망해서가 아니다. 반드시 원수를 갚아달라는 울부짖음이다.]

[선조의 령에서 보살펴주신 덕인지 무덤 주인의 관 아래 쪽에서 비밀 수장고를 발견했다. 수장고에는 상자가 있었는데, 상자 안에는 무덤 주인의 유물로 보이는 책과 얇은 동판이 들어 있었다.
동판을 자세히 살펴본 나는 심장이 터질 것처럼 기뻤다. 동판에는 기이한 문양이 가득했는데, 그 문양은 무덤의 미로를 표시한 도면이 분명했다. 하지만 하늘은 나를 쉽게 내보내주지 않았다. 도대체 무덤을 만든 자는 무슨 생각으로 이런 괴상한 도면을 그린 걸까?]

[죽은 사람들의 한을 하늘도 알아준 건가? 시신이 상할 즈음 도면을 반쯤 해석해내고, 우연찮게 비도(秘道)를 발견했다. 마침내 지옥을 벗어날 수 있는 탈출로를 찾아낸 것

이다. 그러나 지금의 내 몸 상태로는 이곳을 벗어난다 해
도 이빨을 드러낸 채 기다리는 늑대들의 먹이로 전락할
뿐…….]

[천화와 귀혼의 형제들은 죽기 전에 자신들의 절기를
옷자락에 핏물로 적어서 나에게 전해 주었다. 나는 그들
에게 약속했다. 만약 살아남는다면 반드시 그들의 후예에
게 전해 주겠다고. 하지만 저들의 마수를 벗어나지 못한다
면 형제들의 마지막 희망을 범의 아가리에 쳐넣는 꼴이 될
터…….]

[남은 형제들은 어떻게 되었을까? 하늘이여, 비천의 맥
을 보호해 주소서! 씹어 먹어도 시원치 않을 비겁한 개자
식들 머리에는 벼락을 떨어뜨리소서!]

[몸을 추스른 지 한 달째. 공력을 절반 정도 되찾았다.
이제 보름 정도의 시간이면 이전의 몸을 되찾을 수 있을 것
같다. 그런데…… 유일한 식량이었던 수로의 물고기가 며
칠 전부터 더 이상 보이지 않는다. 식량도 없이 물만으로는
더 버틸 수가 없거늘. 빌어먹을!]

[녹령동(綠靈洞)을 나가서 식량을 구해 볼 생각이다. 등하
불명(燈下不明)이라 하지 않던가? 그 찢어죽일 놈들의 눈을

피해서 몸을 추스르기에는 이만한 곳이 없다. 일단 몸부터 추스르고 놈들에게 복수를 할 것이다. 복수만 할 수 있다면 지옥에 가는 것을 마다하지 않으리라!]

간간이 욕설도 적혀 있었다. 북받친 감정을 참지 못하고 휘갈긴 듯했다.

아마 글을 쓰며 외로움과 두려움을 달랬으리라.

그런데 식량을 구하러 나간다는 글을 끝으로 그 이후의 이야기가 없었다.

돌아오지 못했나 보다.

'그랬나?'

글쓴이의 처절함에 전염이라도 된 듯 사운평의 눈매가 잘게 떨렸다.

자신이 취했던 동판에 그런 사연이 있었다니.

아니 그보다는 남이라 생각했던 비천문 사람들의 처절한 죽음이 처음으로 가슴을 울렸다.

'젠장, 멍청하게 왜 당해?'

뒤에서 글을 읽던 사람들도 숙연해졌다.

형제들의 피와 살을 먹으면서까지 살아야만 했던 한 맺힌 자의 심정을 누가 짐작이나 하겠는가.

"결국 밖으로 나갔다가 삼룡에게 발각당해서 쫓긴 것 같아요. 그래도 바로 잡히지는 않았나 봐요."

이연연이 젖은 목소리로 말했다.

사운평이 느릿하게 고개를 끄덕였다.

"그래, 그랬으니 동판이 떠돌아다니다가 검천성에 들어갔겠지."

그리고 자신의 손에 들어왔다.

하늘의 장난이 참으로 절묘하지 않은가.

'가만? 혹시 무덤 주인이 남긴 책이라는 게 무종무록이 아닐까?'

그럴 가능성이 컸다. 그런데 무덤 주인이 누구기에 그런 가공할 무공을 지녔던 것일까?

사운평이 절벽만 바라보고 있자, 기다림에 지친 듯 악종화가 눈살을 찌푸리며 말했다.

"사 문주, 이제 안쪽을 살펴봐야 하지 않겠나?"

"그래야죠."

협곡을 빠져나가지 못하면 천고의 절학인들 무슨 소용이 있겠는가.

그림 속의 떡, 화중지병(畵中之餠)일 뿐.

*   *   *

협곡의 끝에 도착한 사운평은 목이 부러지지 않을까 걱정될 정도로 고개를 쳐들고 절벽 위를 올려다보았다.

이끼가 끼어서 미끄럽게 보이는 것은 비슷했지만, 이십여 장 위쪽이 거꾸로 꺾어진 바깥쪽과 달리 반듯해서 올라가기가 훨씬 나을 듯했다.

'잘하면 올라갈 수 있을 것 같은데……'

사운평이 위를 올려다보며 고민하고 있는데 이연연이 걱정 가득한 표정으로 물었다.

"올라갈 수 있겠어요?"

사운평은 그녀를 안심시키기 위해서 억지로 씩 웃었다.

"그러엄. 이 정도는 충분히 올라갈 수 있어."

조연홍도 한 마디 거들었다.

"너무 걱정 마세요, 이 소저. 백운선생도 대형의 명이 무지 길다고 했어요. 설령 올라가다가 떨어져도 죽진 않을 거예요. 뭐 조금 다치 긴 하겠지만요."

사운평이 조연홍을 째려보았다.

'저 자식이 재수 없게!'

하지만 그 일로 싸울 수도 없는 일. 숨을 몰아쉰 그는 호기롭게 말 했다.

"내가 올라가서 밧줄을 내려줄 테니 기다려."

"조심하세요, 오빠."

"대형, 안 되겠다 싶으면 내려와요. 쓸데없이 고집부리지 마시고 요."

"걱정 마, 인마. 이 정도 절벽으로는 나를 막을 수 없으니까."

"내가 함께 가겠소."

관호가 나섰다.

사운평도 말리지 않았다.

"그러시든가."

세 번의 도약으로 이십여 장 높이까지 올라간 사운평은 식은땀이 났다.

높이만 생각한다면 어려울 것이 전혀 없었다. 이끼도 다른 곳보다 덜했다.

그런데도 예상보다 훨씬 미끄러워서 절벽을 잘못 밟으면 죽죽 미끄러졌다.

함께 가겠다며 나선 관호도 두 번째 도약에서 미끄러지는 바람에 밑으로 떨어졌는데, 하마터면 중심을 잃고 바닥에 처박힐 뻔했다.

겨우 바닥에 내려선 그는 다시 올라올 엄두가 나지 않는 듯 위를 쳐다보며 응원만 했다.

"조심하시오, 사 문주."

'걱정 마. 조심하고 있으니까.'

아마 위쪽도 미끄러운 상태였다면 포기했을지 몰랐다.

하지만 위쪽은 이끼가 덜 자라서 조심만 하면 괜찮을 듯했다.

'여기서 포기할 수는 없지.'

쪽팔리게 말이야.

그냥 내려가면 연홍이 놀릴지도 모르잖아?

콱!

발로 절벽을 찍자 단단한 바위가 움푹 파였다.

그렇게 디딜 곳을 만든 사운평은 절벽에 꽂았던 칼을 빼며 힘차게 위로 솟구쳤다.

"차앗!"

단숨에 칠팔 장을 더 올라간 그는 재차 절벽에 칼을 꽂고, 발로 절벽을 찍어서 디딜 곳을 만든 후 매달렸다.

"휴우, 이제 얼마 안 남았군."

갈라진 틈까지 남은 거리는 이십여 장.

그곳에서 늘어진 수백 줄기의 넝쿨들이 수염처럼 매달려 있었다.

기다란 것은 십여 장 이상 되었고, 제법 굵은 것도 보였다.

경공을 펼치면 충분히 잡을 수 있을 듯했다.

문제는 넝쿨이 자신의 몸무게를 버틸 수 있느냐, 하는 것이었다.

버티지 못하고 끊어지면?

사십 장 밑으로 떨어진다.

숭산의 백 장 절벽에서 떨어질 때를 생각하면 높다고는 할 수 없는 높이.

하지만 그때와 지금은 사정이 달랐다.

그때는 소나무나 튀어나온 돌 등 발판이라도 있었는데 이번에는 아무 것도 없는 허공인 것이다. 바닥은 무쇠처럼 단단한 바위고.

조연홍 말대로, 죽지 않는다 해도 어딘가 부러질 각오는 해야 했다.

'그렇다고 남자새끼가 여기서 물러설 수는 없지! 힘내라, 사운평!'

스스로를 다그친 그는 수염처럼 늘어진 넝쿨을 자세히 살펴보았다.

어린아이 팔뚝 굵기의 넝쿨이 서너 개 보였다.

그러나 두어 개는 길이가 오륙 장밖에 되지 않았고, 하나가 제법 길어서 십 장은 될 듯했다.

'좋아, 너에게 내 운명을 맡기마!'

이를 지그시 악문 그는 바위틈에서 칼을 빼며 절벽을 박찼다.

한편, 밑에서 바라보던 사람들은 손에 땀을 쥐고 한시도 눈을 떼지 않았다.

특히 이연연과 조연홍은 숨도 제대로 쉴 수 없었다.

'오빠, 위험하면 내려오세요!'

'대형도 내상을 입은 것 같은데, 괜찮을까?'

바로 그때, 사운평이 절벽을 박차고 한 마리 박쥐처럼 몸을 날렸다.

비천무영류를 펼치며 허공을 유영한 사운평은 단숨에 구 장을 날아가서 넝쿨을 붙잡았다.

'됐어!'

넝쿨을 힘껏 움켜쥔 그는 쾌재를 부르며 칼을 칼집에 꽂았다.

그런데 넝쿨의 저 위쪽에서 심상치 않은 소리가 났다.

뚜둑.

붙잡은 넝쿨을 통해서 전달되는 생생한 느낌!

넝쿨의 위쪽이 끊어지는 것 같다.

'헉!'

대경한 그는 바로 옆쪽의 넝쿨을 향해 손을 뻗었다. 자신이 잡고 있는 것보다는 훨씬 가늘었지만 이것저것 따질 겨를이 없었다.

동시에 '뚝!' 소리와 함께 넝쿨이 끊어졌다.

"악!"

"대형!"

"조심하시오!"

비명과 외침이 협곡을 울릴 때, 손을 쭉 뻗은 사운평이 아슬아슬한 차이로 가느다란 넝쿨을 붙잡고 대롱대롱 매달렸다.

다행히 가느다란 넝쿨은 생각보다 질겨서 그의 몸무게를 버텨냈다.

'휴우, 하마터면 큰일 날 뻔했네.'

손가락이 가늘게 떨렸다. 천하의 강심장인 그도 그때만큼은 어쩔 수 없었다.

밑에서 보던 사람들도 가슴을 쓸어내렸다.

"대형, 괜찮아요?"

'너만 조용하면 괜찮아!'

"오빠, 너무 무리하진 마세요! 밖으로 나가는 건 나중에 해도 되니까요!"

"하, 하, 하, 괜찮다니까. 조금만 기다려라! 이 오빠가 올라가서 튼튼한 밧줄을 내려줄 테니까."

이연연의 말에 다시 힘을 낸 사운평은 조심스럽게 넝쿨을 잡고 위로 올라갔다.

넝쿨은 위로 올라갈수록 굵어졌다. 그리고 그가 꼭대기까지 올라갈 동안 끊어지지 않았다.

잠시 후, 마침내 밖으로 빠져나간 사운평은 시원하게 불어오는 바람을 가슴에 안고 환한 표정을 지었다.

"살았군! 역시 당신은 대단한 점쟁이야, 백 장주!"

한소리 외친 그는 주위를 둘러보았다.

그가 서 있는 곳은 원시림이 우거진 깊숙한 계곡이었다. 협곡의 천정을 나무뿌리와 빽빽하게 들어찬 넝쿨이 뒤엉켜서 지탱하는 듯했다.

무덤은 보이지 않았다.

'저 능선 너머에 있나 보군.'

다행이다. 무덤이 보이는 곳이었다면 제삼의 적들이 일행의 탈출을 눈치채고 공격할지도 모르는데.

"그럼 이제 밧줄 만드는 일만 남았나?"

육십 장이 넘는 길이의 밧줄을 만들어야 한다. 어지간한 넝쿨로는 어림도 없다.

시간이 걸리더라도 칡이나 담쟁이 넝쿨을 꼬아서 만드는 수밖에.

"일단 재료부터 구해야겠군."

*　　　*　　　*

녹령동에 남은 사람들은 사운평이 무사히 밖으로 나가자 안도의 숨을 내쉬었다.

"휴우, 성공했군!"

조마조마하던 이연연도 가슴을 쓸어내렸다.

"정말 다행이에요."

"사 문주가 밧줄을 내려줄 때까지 기다려봅시다."

절반도 못 올라가고 떨어졌던 관호가 씁쓸한 표정으로 말했다.

표정이 보다 편해진 사람들은 물가로 가서 휴식을 취했다.

그런데 밧줄이 내려오길 기다리며 휴식을 취한지 일각쯤 지났을 때였다.

무덤으로 통하는 동굴 쪽에서 웅성거리는 소리가 들렸다.

"응?"

동굴에서 제일 가깝게 있던 조연홍이 벌떡 일어나서 동굴 쪽을 바라보았다.

소리가 점점 커지더니 사람들이 보이기 시작했다. 목소리도 점점 뚜렷이 들렸다.

"우리가 뚫어놓은 통로로 누가 나오나 봅니다."

조연홍이 잔뜩 긴장한 표정으로 말하자, 악종화가 관호를 돌아보았다.

"소맹주, 누군지 몰라도 일단 피하는 게 좋겠네."

"이 안에서 피하면 어디로 피하겠습니까?"

협곡은 사방이 막혀 있었다. 오죽하면 사운평이 저 높은 절벽을 올라갔을까?

하지만 이연연은 악종화의 손을 들어주었다.

"그래도 숨으면 최소한 저들에게 발각되기 전까지는 시간을 벌 수 있을 거예요."

사운평이 밧줄을 구해올 때까지 만이라도 기다려야 한다.

관호도 이연연의 말뜻을 깨닫고 고개를 끄덕였다.

"아! 이 소저의 말이 옳습니다. 그럼 숨을 곳을 찾아보죠."

이연연 등이 바위 뒤로 몸을 숨긴 직후 환호와 함께 사람들이 동굴에서 쏟아져 나왔다.

"드디어 밖이다!"

"이제 살았어!"

와아아아!

구남 일녀. 모두 열 사람이었다.

그동안의 고생을 말해 주듯 그들 대부분이 흐트러진 옷차림에 피와 먼지로 얼룩져 있었다.

일녀, 홍의를 입은 혈운선자 소응란도 옷이 여기저기 찢어져서 살이 다 보일 정도였다.

부상을 당한 자도 반은 되었는데, 심한 자는 팔이 부러진 듯 찢은 옷자락으로 대충 동여매고 있었다.

그런데 희망에 찬 표정으로 동굴을 나선 그들은 곧 이상함을 느끼고 멈칫거렸다.

"뭐, 뭐야? 여긴 어디지?"

"씨바, 또 막힌 거 아냐?"

"말도 안 돼! 이럴 순 없어! 그 지옥을 어떻게 빠져나왔는데!"

당황한 그들은 핏발 선 눈으로 사방을 둘러보며 서성거렸다.

그래도 몇 사람은 긍정적으로 생각했다.

독사처럼 눈매가 사나운 중년인도 그런 자 중 하나였다.

"그래도 여긴 물과 빛이 있으니 다행 아닌가?"

얼굴 반쪽이 피로 물든 사십 대 초반의 중년인은 나직한 웃음마저 흘렸다.

"후후후, 맞네. 최소한 돌덩이에 깔려 죽을 염려는 없지."

"어딘가 빠져나갈 길이 있을 거네. 찾아보자고."

"그러지. 안을 샅샅이 뒤져라!"

무사들은 빠져나갈 길을 찾기 위해서 협곡을 철저히 조사하며 안 쪽으로 들어갔다.

그들 중 하나가 이끼가 벗겨진 절벽을 발견했다.

"초 대협, 여기 좀 보십시오. 누가 우리보다 먼저 이곳에 들어온 것 같습니다."

독사눈과 얼굴에 피가 묻은 중년인이 절벽으로 다가갔다. 그들이 절벽의 글자를 읽는 동안 다른 자들도 그곳으로 몰려들었다.

글을 다 읽은 독사눈이 치켜 올라간 눈을 가늘게 좁혔다.

"이끼가 축축한 걸 보니 벗겨진지 오래 되지는 않은 것 같네."

"후후후, 어쩌면 이 안에 있을지도 모르겠어."

"저 안쪽을 샅샅이 뒤져봐라. 쥐새끼들이 숨어 있을지 모르니까!"

조연홍은 독기가 오른 무사들이 다가오자 기형도를 움켜쥐었다.

'대형, 빨리 오세요!'

기세만 봐도 보통 고수들이 아니었다.

특히 거만한 태도로 무사들을 지휘하는 독사눈의 중년인과 얼굴이 피로 물든 중년인은 느낌만으로도 막귀붕이나 낙수교의 아래가 아닌 듯했다.

　자신이나 관호, 악종화의 실력으로는 감당하기 힘든 초절정 고수.

　호우라면 한 사람을 감당할 수 있을까?

　게다가 그들 외에 일곱 명도 약한 자들이 아니었다.

　하긴 지옥의 무덤 속에서 살아나온 사실만으로도 그들을 무시할 수 없었다.

　그런데 숨을 죽인 채 숨어 있을 때였다.

　작은 벌레가 호우의 콧속으로 기어들어갔다.

　호우는 입을 꾹 닫고 굵은 손가락으로 콧속을 후볐다.

　안쪽으로 깊숙이 들어갔는지 손가락에 아무 것도 걸리지 않았다. 근질거리는 걸 보면 콧속에 있는 게 분명하거늘.

　그의 얼굴이 시뻘게졌다.

　코를 풀자니 들킬 것 같고, 그냥 놔두자니 미칠 것 같았다.

　천살기를 타고난 그가 콧속으로 들어간 벌레 한 마리에 꼼짝도 못하는, 웃고 싶어도 웃을 수 없는 상황이 벌어진 것이다.

　그 모습을 이연연이 의아하게 여기고 물었다.

　『호우 아저씨, 왜 그래요?』

　"그, 그게…… 에취이이!"

　재채기 소리기 어찌나 큰지 협곡이 웅웅 울렸다.

　협곡을 조사하던 자들이 일제히 움직임을 멈추고는 어두컴컴한 안쪽 깊숙한 곳을 바라보았다.

　"훗, 역시 선객이 있었군."

　독사눈의 중년인이 차가운 어조로 말하며 걸음을 옮겼다.

얼굴이 피로 물든 중년인과 무사들도 소리가 난 곳을 향해 이동했다.

악종화는 더 이상 숨어 있을 수 없음을 알고 바위 뒤에서 앞으로 나섰다.

조연홍은 독이 오를 대로 오른 무사들이 다가오자 호우에게 이연연의 안전을 맡겼다.

"호우 형님이 이 소저를 보호해 주세요."

호우가 머쓱한 표정으로 머리를 긁으며 말했다.

"어, 걱정 마. 연연이는 내가 지킬 테니까."

이연연을 호우에게 맡긴 조연홍은 도를 움켜쥐고 모습을 드러냈다.

'삼룡과 삼비, 어느 쪽도 아닌 것 같아.'

무림맹 고수는 더더욱 아니고.

아무래도 막귀붕이나 낙수교처럼 나중에 진입한 자들인 듯했다.

'하필 대형이 없을 때 나타나다니…….'

다른 사람은 몰라도 이연연, 형수님만은 반드시 지켜야 한다.

"누군지 아시겠습니까?"

조연홍이 초조한 목소리로 악종화에게 물었다.

악종화도 잔뜩 긴장한 표정으로 고개를 저었다.

"혈운선자 소응란 외에는 모르겠군. 어쨌든 범상치 않은 고수인 것은 분명하네."

더 걱정되는 것은 정파의 인물이 아니라는 것이다.

잠깐 사이에 새롭게 나타난 자들과의 거리가 십여 장으로 가까워졌다.

독사눈의 중년인이 삼 장 거리를 두고 걸음을 멈추더니 조연홍 등을 둘러보았다.

"젊은 친구들이 제법이군, 저 지옥에서 빠져나오다니."

"운이 좋았을 뿐입니다."

조연홍은 상대의 비위를 건드리지 않으려고 최대한 조심해서 말했다.

그런데 독사눈 뒤쪽에 서 있던 소응란이 묘한 미소를 지었다.

"호호호, 계집처럼 생긴 놈만 있는 게 아니라 진짜 계집도 있군요."

그녀의 말에 무사들의 눈이 번들거렸다.

〈다음 권에 계속〉

毒功

독공의 대가

권이백 신무협 장편소설

ORIENTAL FANTASY STORY & ADVENTURE

짜임새 있는 전개,
유쾌한 이야기로 독자들을 사로잡다!

사냥꾼이자 독인, 두 가지 정체성을 지닌 소년 왕정.
전대미문인 그의 독공지로(毒功之路)에 주목하라!

dream books
드림북스

일보신권 초혼룡

문피아 골든 베스트 1위, 그 빛나는 영광!
시니어 신무협 장편소설

천하를 놀라게 한 파격적인 소림무공,
그 비밀은 배고픔과 절제!

이제 무공도 근검절약의 시대,
최소한의 움직임으로 최대의 효과를 얻는다!